海水天涯
中国人

王鼎钧

作品系列

Simplified Chinese Copyright©2018 by SDX Joint Publishing Company. All Rights Reserved.
本作品简体中文版权由生活·读书·新知三联书店所有。未经许可，不得翻印。

图书在版编目(CIP)数据

海水天涯中国人/(美)王鼎钧著. — 北京：
生活·读书·新知三联书店，2018.1（2024.9重印）
（王鼎钧作品系列）

ISBN 978-7-108-06074-7

Ⅰ.①海… Ⅱ.①王… Ⅲ.①散文集–美国–现代
Ⅳ.①I712.65

中国版本图书馆CIP数据核字(2017)第196708号

责任编辑	饶淑荣
装帧设计	张　红
责任印制	董　欢
出版发行	生活·讀書·新知三联书店
	（北京市东城区美术馆东街22号）
邮　编	100010
网　址	www.sdxjpc.com
图　字	01-2017-6923
经　销	新华书店
排版制作	北京红方众文科技咨询有限责任公司
印　刷	河北松源印刷有限公司
版　次	2018年1月北京第1版
	2024年9月北京第2次印刷
开　本	787毫米×1092毫米 1/32 印张12.5
字　数	158千字
印　数	10,001—15,000册
定　价	48.00元

（印装查询：010-64002715；邮购查询：010-84010542）

目录

牢笼·天井·蚕（代序）... 001

第一辑　海水天涯中国人

匆匆行路 ... 008

危城硝烟 ... 032

温柔桃源 ... 056

乱邦孤雏 ... 084

今古沉浮 ... 108

黑白是非 ... 144

天涯待归 ... 168

第二辑 看不透的城市

他们开店 ··· 197

母子们 ··· 212

手相 ··· 219

胸像 ··· 222

人猿 ··· 225

茶话 ··· 228

如是我见 ··· 242

崔门三记 ··· 255

关于月饼 ··· 280

怨 ··· 291

春至 ··· 300

至亲好友 ··· 305

单向交通 ··· 319

狼嗥声中 ··· 332

老奶奶的识见 ··· 335

天风遘 ··· 339

门前雪 ··· 343

保险箱 ··· 347

那年冬天 ··· 354

作者说明 ··· 396

牢笼·天井·蚕（代序）

牢笼

记得当时年纪小,我总爱看那一列远山,那山像高墙一样立着,给我的视界画出疆域。据说那些山离我家两百多里呢,隔着这么远的距离,这么厚的空气,山的质地变薄了、脆了,几乎是半透明的了。

到底并不透明,我看不见山外的景物。

其实,就算没有山,人的目力也看不了那么远。

可是我总是怪那山碍事。怎么能长一对翅膀,飞过那山——那半透明的高墙,看看墙外的世界才好。

多年的朝思暮想之后,我越过那山,到了墙外,放眼望去,远处是另一列山,另一堵高墙。

后来我坐了船,在充满了弹性的海面上望那水天相接的一抹。高墙是不见了,却有一条灰沉沉的缆索围住四周,它强韧、粗暴、阴阳怪气。

我希望船能增加一倍两倍的速度,早些走到缆索的圈外。

我是越过了那缆索,可是缆索之外还有缆索……还有缆索……

一圈一圈的缆索套住了船,任它钻进钻出。

看来尘土云月都是多余的了,不如索性让原先的栅栏圈着,省掉了多少鸡声茅店,人迹板桥!

记得在奔波途中,我看见过这么一个家庭:住在深山里,森林和岩石替他围了个天井。他们世世代代守住那个巴掌大的方块,充其量不过是把炊烟升到岩顶随风散去,不过是把黄叶扫进溪中,让它流入平原。

那时,风尘仆仆的我们,瘫痪在他们的天井里,掬溪水解渴,望着炊烟喘息。他们全家出来看行人,像是在看一种从未见过的动物。

他们问:那些人究竟要到哪里去呢?

他们并不解:这些人为什么要走这么多的路呢?

他们认为,这些男孩子走了这么远的路,怎能长大成人呢?这些女孩子走了这么远的路,以后怎能生儿育女呢?

我们装做没听见,从身旁的荆棘上取下针来,刺破脚上的水泡，拉紧草鞋，背起沉重的背包，咬一咬牙，又走了。

我们笑那些人活在笼子里。

我们怎知道，人并不能真正走出他的牢笼呢?

天井

有些东西是你我视力健全的人看不见的，例如命运。要算命，得找双目失明的专家。

那"瞎先生"怎么说? 他掐着手指，翻着眼白，口中一番喃喃之后，断定我长大了不守祖业。

据说，"不守祖业"有两个意思：败家或漂流。于是引起一场争论：是败家好还是漂流好? 那年代，有人认为异乡是可怕的地方，世上以自己内室的卧榻最安全，家长留给爱子的，除了产业，可能还有鸦片烟瘾。让孩子躺在那儿随着豆大的灯焰一块儿安安稳稳地消耗吧! 最坏的打算，最好的安排。另一个极端则是，为什么让祖传老屋的灰尘把你埋在底下? 男儿志在四方，蛇伏在树洞里永远是蛇……

争论未定，时代就用挤牙膏的方法把我挤出来。从此无家，有走不完的路。路呀，你这用泪水和汗水浸泡的刑具!我终生量不出你的长度来。征人的脚已磨成肉粉,你也不肯缩短一尺!

走着走着,一个同伴,对美术特别有兴趣的,发现了命运对我的嘲弄。"你的腿为什么这样长?你下肢的长度和上身的长度离标准比例太远了。难怪你迈步比别人吃力,每天你总是第一个先累倒!像你这样的体型,应该永远守着你的天井……"

那一阵子,我忽然觉得我好喜欢天井。

直到有一天,头顶上炮弹的炮片成伞,人人伏地把身体贴得很薄,一个通晓相法的老兵安慰我:"你不会死。"为什么?"你的罪还没有受完。"为什么?"你的腿很长,注定了还要走很多路,很远很远的路。"

我是不会有一个天井了,可是这又为什么?既要我飞,又不给我有力的翅膀……

可怪的是,时常有人称赞我的腿,说它是跳华尔兹的腿,打篮球的腿。在这世界上,误解总是多于了解,是不是?

海水和蚕

我果然成了滚动的石头,一如相士所料,我是在传播迷信吗?

我望海水,想那句老话:"有海水的地方就有中国人。"

中国人最像海水了,一波一波地离开海岸,退入一片苍茫,一波一波地冲上岸去,吮吸陌生的土地。

"道路流离"是我们传统的一部分,连没有海水的地方不是也有中国人吗!

我仔细观察他们,他们的腿并不特别长。他们也漂泊,不守祖业。

出来看看,看见各民族、各国都有漂泊者,大城市大港总是人种荟杂,黑肤白肤,碧眼青眼,金发褐发,形形色色。他们或他们的祖先都随着潮势、水媒花一般的落地生根了。我一个一个看他们的腿。他们的腿也寻常。

当时代下手鞭打一个人的时候,并不先检查受难者的腿。漂泊者若有共同的命运,跟他们的腿实在没有多大关系,因素不在外形,在内心。内心是我们看不见的。有一种寄生虫咬他们的心,咬得他昏热、疯狂,自动成为一类。

他们全是这种虫子的寄主。这种寄生虫也是隐形的。

既然腿长腿短都可以做漂流的人，为什么命运偏要作弄我呢？我为什么既须远行又不良于行呢？为什么让那洗衣板似的道路特别揉搓我，那热铁皮一样的道路特别煎熬我？

也许我能从养蚕得到启示。蚕，经过蚂蚁一般的年代，毛虫一般的年代，木乃伊一般的年代，每一次都有突破，每一次突破都很痛苦。它留下一种成品——有细致的纹理，隐隐的色彩，可以演绎成很长的条理，罗织成一大片一大片材料。蚕，一定要闷死在自己的框框里，它的作品才完美，倘若咬个破洞钻出来，那茧就没有什么可取了。一条蚕只宜结一次茧。

有没有一种蚕可以结了一个茧再结第二个、第三个呢？

有，它的别名叫做"人"。

第一辑

海水天涯中国人

●

匆匆行路

1

难怪报上常常出现"赶办出国手续",准备出国总是匆忙多于从容。我这次打定主意"笨鸭先飞",距离行期还有一个月就开始紧张,到最后还是有那么多事情压挤在一起。验关出境的那天早上人困马乏,而旅客的队伍那么长,行李箱那么重,几乎以为自己再也没有气力杀出重围。进了机舱,找到座位,才发觉一身是汗。坐定了,才去细赏那一个月来无暇咀嚼的、"远适异国"的惆怅和"故土难移"的依恋。飞机偏又迟迟不飞,好像故意让我汇聚一些离愁。这时候,如果你走进机舱来,拖住我的胳膊说:"别走了,下去吧!"我真会惘惘然离开座位,中了催眠术似的跟在你的脚后。当然,你不知道我怎样想,我知道你一定不会来。

终于,机身微微颤动,终于,在轻轻一震之后,印在机窗玻璃上的航空大厦倾斜了。转眼间,由大厦顶层振翅而起的鸽子与我比肩同高,而巍巍的圆山大饭店迅速缩小。台北市变成一张精致的、复杂的沙盘。不容多看,窗玻璃忽然变成不透光的白板,那是云,神和人之间的帷幕。我骤然觉得肚脐一紧,脐下的小腹隐隐作痛,仿佛脐带未断,越拉越长,拉得我的肚子变形下垂,拉成了一条敏感的细弦,在寒冷的大气中裸露着。

我在飞机上一直有初期肾结石的感觉,机上供应的午餐、晚点,也都好像装进了我的盲肠。飞机朝着地球的另一边飞,无论飞得多快,我和你,还有你们之间连着血管,连着神经,越拉越紧,越拉越细,但是永不崩断。

我是风筝一样飘着,几乎以为飞机走不动了。

2

我要和你分享那些云。

我向来爱云。平时看云是仰起脸来看,此时是低下头来看;平时所见的云是平面的,此时所见的云是立体的,令我惊骇震撼。

我怎样向你描述那些云呢?在高空,视线是无限的辽阔,"界限""范围"全成了死字。由机腹下到无限远都是白花花坦荡荡的云层,它像海洋一样展开,比海洋更不可测量,像春耕之后被犁刀切开的土地那样有笔直的沟纹,奇怪的均匀,不可思议的长。这是云吗?不,它不是云,它是钟乳凝成的一个星球,飞机正贴近球面低飞,它是那样稳固,那样坚硬,在混沌初开时偶然折成,此后即成永恒。如果飞机降落,它必能提供隆隆之声,而且不扬起一粒灰尘。

那球面太洁白,图案太整齐,令我怀念下面的大地。我离你已经远了,下面应该是万古千秋水天相接的太平洋,那迟钝的大地、复杂的大地可也怀念我?那些池塘春草可有一棵向我?那些园柳鸣禽可有一声唤我?这云却是完全冷漠,完全骄傲的,把喷气式客机当一只龌龊的蚂蚁。

这么说,你未必喜欢这无情的白云,宁愿爱那温软的、蒸发着淡香和微臭的大地。你无意来拥抱永久的冰雪,拒绝分担我的孤冷。

我想,一定如此。

3

飞机在黑海里沉浮了一整夜,天明,阳光把机身洗净、擦亮了。

向下看,地面平滑如板,画成整齐的方格,像童话书里的画境,有深深浅浅的色彩。下面有个湖,传说中夜明珠可以变湖,现在,湖水把阳光反射回来,还原成明珠。

飞机显然在逐渐降低，我可以看见无数缤纷的贝壳，并且能想象它们是万家百姓的屋顶，他们用不同的材料建造，漆上自己喜欢的颜色。我从未见过这样个性化的住宅区，空中小姐说，这就是洛杉矶。我想，这就是美式自由。

下面街道纵横，恍如迷宫。刚刚经历过天上的空旷、简单，有点儿惧怕人间的拥挤、杂乱。这就要"谪落凡尘"了吗？我满心不甘。二十四小时的不着陆飞行，使我贪恋那种没有压力、没有挑战的生活。除了吃喝拉撒，隔绝一切尘缘的生活，把头靠在鹅黄色的枕头上凌云御风的生活，可以把湖看做一粒明珠、把住宅区看成一堆贝壳。

我知道，只要飞机落进下面的方格里，只要我落进网里，这一切将成为无凭的春梦，再无痕迹。

下面的路那么多，我真不知该走哪一条。着陆时，庞大的铁鸟如燕雀般轻盈，我的心蓦然一沉。这才觉得和你关山阻隔，远在天涯。再也不能像是飞行途中，以为只要拨开云雾，我就可以看见你，你就可以看见我。

4

我们十一个人在台北结伙登机,十人是画家和摄影家,他们要到中南美旅行展览,我不是画家,跟他们结伴同游,为的是吸收一些国外的生活经验。他们给了我一个名义——"新闻采访",并且夸张了我专业的背景。这也难怪,为了使团体受人重视,必须提高每一个团员的身价,到了外面,这十一个都有些虚胖,承担这个崭新的、临时的体重,就是每一个团员对团体作出了贡献。

这十位艺术家皆非等闲,他们经营多年,美国是他们的第二洞窟,有些人在加州置下产业,入关以后,一个一个由成群的亲友簇拥而去,相约某日在旧金山集合,登机出发。我呢,有临时的居停主人,可以让我逗留几天。

洛杉矶是个大城市,它的"大",对我毫无意义,只能守在八席大的一个房间里。九月,洛杉矶的空气比台北清新，教人鼻孔气管都舒服，它的空气对我也没有多大意义。居停主人是一对年轻的夫妇，来美多年，好客的传统仍在。不过他们很忙，黎明即起，煎鸡蛋，烤面包，乒乒乓乓，节奏很快。五分钟吞下早餐，开着车子去上班，晚上回来的时候已是万家灯火。他们哪里管得了我？后来知道，到朋友家做客要和主人一同做早点，各人烤各人的面包，各人煎各人的鸡蛋，自己吃自己做的那一份，主人出门以后，客人在家，要把杯盘菜锅洗干净，这才尽了做客人的本分。真惭愧，我吃的那份三明治还是主人做出来的！这件事对我很有意义，美式生活！我长了见识。

由台北动身，九月二十九号，在洛杉矶着陆，仍是九月二十九号。这就是所谓的"时差"，有些人不能适应"时差"，来美后必须昏睡一天，加以调节，我倒能完全保持清醒。想起林语堂的一篇文章，他说他住在英国的时候，一个英国人兴致勃勃地告诉他，铁路改善了设备，他每天往返可以节省十分钟，林氏反问:"你用这省下来的十分钟干什么?"那人立时气短语塞。在大城的小房间里,我想我"赚"了一天,我的生命多出了一天,我半是惊惧、半是兴奋地背诵《圣经》的金句:"谁能使寿数增加一刻呢?"我应该怎样利用这难得的一天?将来,我能拿出什么来告诉人家:"这是我在我的生命中多出来的那一天做的?"

在洛杉矶,如果没有人开着车子接你送你,你根本不能出门,但是美国电话无远弗届,十分方便。我们不是要到旧金山会合吗,何不提早前往呢?我在旧金山也有朋友。我拿起电话筒拨了一个电话号码。

"什么时候来的?"对方十分惊异,我出国没预先通知朋友,因为不知道是否一定成行。"打算长住还是短住?美国这个鬼地方只能观光,不能安家落户。你也许要骂我言行不符,我告诉你,只有久居美国的人才有资格劝人别来。"不容我插嘴,他说话比美国人说英语还要快。"现在是办公时间,我忙得要死,你的电话号码是多少?我晚上打给你,晚上电话费便宜。"

也是快节奏!

我又拨了一个电话,对方的语气倒是沉稳、恳切:"你住在中国人家里还是美国人家里?"我说是中国人。"那么最好少打电话,如果是美国人,你打了多少电话可以算钱给他;中国人就不同,给钱,不好意思;不要钱嘛,又难免心痛。"结论是:"你不是旅行吗!我这里大概是必经之地,你一定到我这住几天,见了面再谈。"要挂电话了,他又想起来一句话非说不可:"你一定来,来到我家以后电话尽管打,爱打到哪里就打到哪里。"

我不想再打电话了,电话铃却响起来——居然是找我。

这回轮到我惊讶了:"你怎么知道这个号码?"对方大笑,说是没有点本领还能干新闻记者?笑完了,追问我在洛杉矶干什么。"我二十九号从台北出发,到洛杉矶还是二十九,我的生命多出来一天,我正在研究用这一天做什么。"对方又笑起来:"别做诗!快到旧金山来!将来你回台北的时候要损失一天,你的生命会减少一天,上帝会把这一天再要回去,别以为你能占到什么便宜,除非你从此不回去了。现在别管那些,你不必待在洛杉矶!你要用你多出来的这一天,从洛杉矶飞到旧金山!"

5

居停主人立即为我做了安排。他先替我订好机票,再替我雇了一辆车。雇车要头一天预定,要在动身前两小时再打电话确定,要在动身前十五分钟证实车已出门,我提着行李到路旁等候会合,经营筹划,郑重其事。

这天天气好极了,洛城的初秋十分美丽,站在路旁等车时觉得舒适愉快。主人说,今天前来服务的司机是他特意为我挑选的,中国人,能说流畅的中国话,热心、诚实,只是有一样,不能替乘客拿行李。

为什么,因为他下肢麻痹。

朋友说，这是他的缺点，也是他的优点。一个下肢麻痹的司机当然不会抢劫钱财，也不至于调戏妇女，所以把新来美国的朋友，尤其是女眷，交给这位司机，彼此都不必提心吊胆。接着他举了许多例子，说明洛杉矶机场的计程车司机如何欺生、排外，对刚下飞机的外国人作恶多端。

主人又补充一句：司机替你拿行李，你得多给小费，所以，通常都是自己动手。

时间算准，转眼车到，仔细端详那位司机，天庭饱满，目光清朗，一点沮丧、挫败的神色也没有，说话响亮清晰，对人有善意，对自己也有信心，我简直不能相信他有那么严重的残疾。

一路上，他告诉我洛杉矶是个什么样的城，我是由这个城的哪一部分到哪一部分去，我们路上经过的是什么样的地段。他问明了我乘坐的飞机属于哪家公司，告诉我应该在几号出口登机。他大致介绍机场大厦的平面，顺便告诉我厕所在什么地方，这对我是很大的帮助。他并且说，最近谣传有人准备劫机,所以机场对旅客的行李检查从严。不过"我们不必怕,检查人员一向认为中国人不干那种事"。

劫机,我没想过劫机,台北机场不动声色,不料洛杉矶比台北紧张。1976年,巴勒斯坦人民阵线的成员伪装成乘客,劫持法国航空公司的一架客机,1977年,德国的极端激进组织劫持德国航空公司的一架客机,日本的极端激进组织劫持马来西亚航空公司的一架客机,现在是1978年。

他,这位司机朋友准备了许多小卡片,每一张卡片上写着一个问题,例如:"某某公司的某号班机改在什么时候起飞?""我应该从哪个门口出去?""你能不能替我打个由对方付费的电话?"卡片的一面是英文,一面用中文。如果乘客需要这种卡片,他免费奉送一套。不会说英语的人有了这套卡片,可以不至于变成机场里的无头苍蝇。这几年,到洛杉矶来的中国人年年增加,有些人不会英语,亲友忙于工作未必能形影不离,碰上这样的司机也是幸运。

听谈吐,他受过的教育不低。问他,他爽快地承认在美国读过一个学位。"为什么不回国去学以致用呢？"我大惑不解。

"如果我有腿有脚，早已回去了。我想过，美国这个社会对我比较合适，他们不歧视残障的人，他们在立法的时候想到给我方便，我比较容易维持自尊。回去嘛，就难说了。我不是不想，是不敢。"

"你可以回去为残障的人争取地位、争取权利。"

"你说的那种人是英雄。英雄应该回去，庸人还是留下偷点儿懒享点儿现成的吧。"

他相信中国会进步，有一天也会善待一切残障的人。"到那时候，恐怕我也老了。好日子留给年轻人吧。"

这是我出国以后遇见的第一个难忘的人物，我告诉你有这么一个人，比告诉你旧金山有一座金门大桥有意义。我不知道你能不能了解他，而他，显然希望得到别人的了解。

登机前，他们仔细检查了我的箱子，我的箱子很大，里面装满了小礼物，有经验的人一看就知道我是第一次出国,美国风习并不期待收到这种礼物,收下礼物以后也不会放在心上。检查人员很注意我的照相机,亲手操作一遍。箱子里有两个铅球,健身器材,握在手心里团团转用的,这玩意儿不能带上飞机。我说丢掉吧,我不要了,不要了也不行,郑重地办了手续,寄存在他们那里,等我以后去取。

登机坐定,我有几分担忧,如果有人想劫持这架飞机,刚才那几个检查员堵不住,挡不了,他们年纪太轻,训练也不够。

6

行色匆匆,什么也无暇细看,倒是观察身旁的美国人绰绰有余。我从来没有见过这么多的外国人,平时在国内,只接触三两个传教士或留学生,现在,触目尽是"非我族类"。

美国人,我的意思是美国的白种人,再缩小范围,欧洲来的白种人,大都高大整洁,奕奕有神,他们的额角、鼻梁、人中、颧骨、耳轮，大都近乎中国人相书上的贵格。相法是中国人家喻户晓的一门学问，也是他们处世待人的秘密指针，大体上说，中国人遇见了"非池中物"，照例尽量礼让，不敢得罪。白种人这副"贵相"，或者可以列为中国百姓媚外的一项原因。

你大概要批评我有人种的偏见，有民族的自卑感。但是，容我分辩，我没有说他们全体真正优秀。

7

人到旧金山仍然住在郊区，大天空之下大草坪之上小楼小院小狗小猫，让红尘中人明白什么是疲倦。朋友开车载我入市巡视繁华，一日看尽。我们从金门大桥上驶过，朋友说有一个油漆工人，他的终身工作就是油漆这座大桥。我们从九曲花街驶过，令人称道的不是鲜花，而是这条街是个陡坡，有八个急转弯，居然不出车祸。

我们去看了一家博物馆，院子大，房子大，展出来的雕塑也很大，展品和展品之间的距离也不小，美式大手笔使我惊疑不定，既觉得他们浪费空间，又觉得台北的博物院展品太拥挤了。求新求变，雕塑常常先走一步，这里展出的作品很前卫，一尊头像，面目姣好，雕塑家以鼻梁为中线，把半张脸削平了，这就骇人一跳，幸亏还有半边脸表情正常，若无其事，营造了梦一般的氛围，这不是真的，这是我一时的幻觉，我还不至于逃到户外。纽约的自由女神，雕塑家照样复制了，加上创意，女神只有头还戴着冠冕，一只手还举着火炬，身体全封在一块很大的立方铜里，永远的禁锢，残酷的禁锢，彻底的颠覆，忽然觉得美国已经"国将不国"了。艺术创新好像很容易，只要你敢反其道而行，可以造成震撼，可是美感？当年台北有位教授说现代艺术使人痛苦，马上有人追加一句：你痛苦，是因为有人强迫你进步。

我也看见游民，想不到这也是旧金山的名产。这些人游荡街头，乞讨维生，夜晚睡在各公司门口的水泥地上，地面平坦清洁，下小雨淋不着，下大雨，蜷曲在门旁墙角也勉强可以挨过。这些游民是哪里来的呢？原来美国人的家庭经济一点弹性也没有，房子、车子、冰箱、洗衣机都是分期付款，每个月领到薪水，一笔一笔寄出去，剩下的勉强度日，没有储蓄，媒体也说出许多大小道理来鼓励消费。美国人不能失业，一旦领不到薪水，分期贷款付不出去，房子车子人家要收回，电灯电话自来水要剪线封管，你就扫地出门了。英文称这些人是无家可归者，其实也有游民家庭，全家都是游民，夫妇带着三岁五岁的孩子，我们的座车经过他们面前颠簸了一下，好像谁打了个寒噤。

我看见这里那里都有情侣站在马路旁边拥抱接吻。美国风习，接吻可以是一种礼仪，也可以是情欲，"礼仪的吻"只是向对方的脸颊或嘴唇"啄"一下，迅速离开；情欲之吻则是翘起脚跟，贴紧胸膛，撕咬嘴唇，纠缠舌头，不计时间，一如我在马路旁边见所未见。我纳闷，怎么可以把接吻当做社交礼仪呢？有学问的人说过，嘴唇也是一种性器官，退一步也是有性敏感的器官。且休说它。情欲的举动为何不在个人的私密空间举行呢？怎么说也得花前月下，能见度低一些才好。有学问的人说，这是青年人的反抗精神，他们如此这般昭示他们的权利。我纳闷，在旧金山这样的地方，又有谁打压了他们的这种权利呢？

当年有人讲过一个美国笑话：情郎要坐火车远行，女孩到车站送行，车进站，两人吻别，一时难分难解，火车不会等他们，径自出站去了，这一对小情侣只好等下一班车。下一班车进站，两人再度吻别，不知不觉又超过了时间，眼看火车出站，只好再等下一班车。美丽的错误一再重演，火车站的站务人员看在眼里，跑过来提醒这对小情侣："你们还是到巴士总站去吧，那里的车一分钟一班！"

从这个小故事看，当年美国风气比现在保守，情侣若要在公开的场合拥吻，还是得有众人都能接受的理由。现在已经完全用不着了。想想看，马路中间是快车道，快车道旁边是慢车道，慢车道旁边是人行道，人行道旁边是商店的私人产业，这些地方都不能当做情侣表演的舞台。幸而马路旁边有些地段允许停车，有些情侣就站在两辆汽车的缝隙中忘乎所以，那点缝隙多么狭窄，真是仅可容膝！丘比特遥遥望见了，恐怕要摇头叹息：太没有情调了，糟蹋了我一支金箭！

这些我都看见了，这时我才觉得真正来过美国，我对美国有许多印象，好莱坞电影中的美国，美国新闻处小册子里的美国，传教士茶饭之余的美国，体制外政治运动家窃窃私语中的美国，那时我对美国有自己的想象。现在我来了，我看见了，我有些失望。

我要求去吃闻名已久的汉堡，朋友说，应该译为"汉饱"，那种叫"大麦克"的汉堡热量极高，要一条汉子才吃得下，无论什么样子的好汉都可以吃得饱。然后去吃我所不知道的比萨，朋友说应该译为"皮炸"，这是意大利人模仿中国的烧饼研发出来的食品，模样像一张皮，贴近热锅的一面有烙痕。吃汉堡还有茶或咖啡,比萨店只有冷饮,朋友特地为我点了一杯热牛奶,他说全店的人员都知道有个中国人来了,进店要热开水是中国旅客的特征。朋友见我吞咽汉堡和比萨面无难色,就说"没问题,你在美国活得下去",他说还得加上一项本事,不忌生冷,中国人怕生冷,因为生冷带病菌,美国的饮料都经过低温杀菌。真的吗?我对汉堡、比萨、冷牛奶也失望。

8

我们也穿过唐人街,美国第一个唐人街,美国最大的唐人街,朋友指点一座三层楼房,孙中山先生当年在这里指挥同盟会推动中国革命。看见牌楼、宫灯、红门、绿瓦、金龙,中国人极力表现他的文化特色。也看见一家挨一家的中餐馆,飘出满街特别的气味,你对这种气味有多少爱,大概代表你有多少乡愁。

旧金山的唐人街,一派大陆上当年小城小镇的风味。任何一个有流浪经验的人都明白"人离乡贱",能在人家的土地上盖房子、养儿女、结党成群,独霸一方,倒也真不容易。遥想当年中国人初到加州,累死多少、病死多少,被排华的恶霸吊死了多少。今天唐人街有这么一个小康局面,给后来的中国移民做桥头堡,佩服他们!悼念他们!

我到旧金山时,美国少数民族"寻根"的热潮尚未停息。寻根运动以美国黑人为主流,黑人的前身是黑奴,因之寻根不能不挖掘白人的罪恶。流风所被,当年华工的痛史也成为报纸杂志热门的话题,百无禁忌,学者研究白人当年造下的恶业,著书立说,可以向联邦申请经费!美国的言论自由还真有其独到之处。

但是唐人街的反应十分冷静,看不出一点"情绪化"的迹象。我和一位老华侨谈起"寻根",他说:"只要以后混得下去,以前的事何必多提?"我提醒他,美国报纸上有人为中国人仗义执言,中国人岂能无动于衷!这位饱经世故的老人拉长了脸说:"打抱不平的人多半靠不住。"我肃然起敬，恭维他老人家的见解与众不同，他索性说："美国人排华，是想把中国人赶回去，中国人尽管吃尽苦头，却始终留在美国，为什么？因为回去的日子更不好过！中国政府对待中国人既是如此，又何必苛责美国政府？"

我向他介绍另外一种观点，有人认为反正要吃苦，宁可回去受苦受累，和那些有志之士一同建设自己的国家。这位老人很诧异："你说什么，我听不懂。"

也许这位老华侨说的只是自己的牢骚，也许他的话能代表多数华侨的心声，我应该听，我是"随行访问"嘛！我很想多找几个人谈谈，可惜现在没有时间。

9

朋友要我扮演鉴定字画的专家。我问他："谁说我是专家？"他说："我说你是。"

我想看看那犹太大佬的收藏，就大着胆子去了。

一进入所谓犹太区立时气象不同,每家门前的青草长得肥美,剪得整齐,这是家宅兴旺;路上没有落叶、疤痕、坑洞,长街如洗,这是地区公共服务很好。大概朋友为我吹嘘过,犹太人收藏家正在门外迎候,他追问:"这次鉴定是否免费?"我的朋友冷冷地回答一句:"这个问题你早已问过了。"

升堂之后,主人动问要不要咖啡?我不知道"问客杀鸡"是美国的习俗,暗笑他小气,索性告诉他:"不必,谢谢。"咖啡也就果然不来了。

他让我看他的瓷器,都是廉价的日本瓷,我还是摩挲过,审视过,才说出答案来。他又请我看画,都是通俗的日本画,我也摆出架势,站在三米以外看,把眼镜取下来贴近纸面看。他似乎认为中国画优于日本画,中国瓷优于日本瓷,脸上有失望的表情,颇不甘心地问我:"日本画和中国画到底有什么区分?"我说:"日本人,中国人,在你看来也许一样,但是我能分辨得很清楚;犹太人,盎格鲁-撒克逊人,在我们看来也许一样,你却分辨得很清楚。"那犹太人似乎茅塞顿开,对我的朋友说:"果然是专家!"

他确定了我的"专家"之后,从内室里拿出他的一件收藏品来,一块木牌,一张中国祠堂里的神主排位,死者是清朝百姓,没有任何衔名,木质细致,雕刻工整,油漆考究,焕然一新,看来是一家暴发户崇功报德、光大门庭的制作。子孙不肖,大概这一家败落得很快,祖先灵位这么快就流落成旧金山的垃圾。主人不给我感慨的时间,一再问它有多少年的历史、值多少钱的身价。这件东西一文不值,可是我心里一酸,口里说的是:"对不起,我看不出来。"

这是我在旧金山最后的"活动",明天一早又要坐在飞机上了。

危城硝烟

10

我此刻正置身于墨西哥上空。这是此次远游的第三段航程,第一段由台北到洛杉矶,机上乘客大半是中国人;第二段由洛杉矶到旧金山,满座碧眼,风味大变。现在所坐的这班客机人色较杂,中美日之外还有很多南美洲人。在第一阶段航程中,机上的乘客几乎都在睡觉;第二、第三这两段航程则几乎人人在看书。这个现象很有趣,也发人猛醒。我本来想睡,但无论小睡片刻或大睡一觉都未免不好意思,就把明天要写的信提前在今天动笔。

墨西哥多山,由飞机上向下看,群山万壑像一群瘦牛痛苦地瘫在地上,被绳子紧紧地捆着,那皮绳一样的东西或许是公路和涧水。天气实在好,湖泊光芒四射,怎么也射不到机窗上来,我可以仔细看那些锋芒的末梢。大气透明,但并非完全无色,你可以感觉到下界的山水是嵌在一块透明的玻璃里,等着巨人拿去当镇纸使用——只是不知道谁有这么大的书桌。

不久,又是云,像冰冻了的牛奶,很细,很黏。飞机就在这冰上小心地滑行,空中小姐说我们的下面正在降雨。我们比雨的源头还高,这话引得我想太阳,想着头顶上是什么景象。喷气客机处处都替乘客想到了,不知为什么没替喜欢看云的人装个天窗?有了天窗,夜晚看看星月多好!

又不久,浓浓的云层——不,冰层,忽然裂开了。一个三角形的缺口,越走越宽。两壁像山谷一样深,蛋糕一样可亲。俯首下望,不见尘寰,但见一片蔚蓝,那是水的颜色,真正的天河!碎云流过。像鱼,像燕子,像片片落花,一群又一阵。总觉得那蓝是一面玻璃,总觉得我是对着镜子看倒影,总觉得成群成阵的小东西会撞到镜面上弹回来,其实不会,它们是朝着跟镜面相反的方向飞,这弄得我不由得有一阵意乱情迷。

又不久,山谷不见了,天河不见了,只有那透明的、湛湛的蓝,无边无际。它就是我们一向歌颂的万里晴空,可是它在机腹的下面!从来看天都是仰起脸向上看,青天自古罩着苍生的头顶,怎么能颠倒过来,怎么能云在飞机下面,天又在云的下面。如果天在下面,你在哪里,我又在哪里!低头看天,这个经验令我永不能忘记。

11

天下处处有奇人、怪人。我在飞机上见过一个阿根廷老头,他说了几句愤世嫉俗的话,下飞机后立即应验了。他问我此行何往,我说是瓜地马拉(编者注:"危地马拉"台译)。他问我是否喜欢瓜地马拉,我说不知道,要去过之后才知道。他率直地告诉我:

"那个地方不好。"

"你认为什么地方最好?"

"每个地方都不好!阿根廷不好,美国不好,欧洲不好,我到过的地方都不好!"

他含着烟斗说话,看上去有几分咬牙切齿的表情。过了一会,他取下烟斗,缓缓地说:"最好的地方就是这里,"他指一指我们的座位,"最好这架飞机永远不要降落!"

越过墨西哥,来到瓜地马拉。我们在瓜地马拉首都机场入关,得知当地正在发生示威暴动,交通多处中断,无法从机场到达宾馆,幸而我与访问中南美的十位艺术家同行,沾他们的光,由显要人物接往官邸晚餐。此时暮色苍茫,一路不见人迹,大家心头都很沉重。

瓜地马拉土壤肥沃,阳光水分充足,鲜花水果皆是特产。晚餐中大家吃到特别清脆可口的四季豆,特别香甜的冬瓜,也在餐桌上看到颜色鲜丽、其大如拳的康乃馨,我们都认为它是假的,只有假花才那么肥大鲜艳而且没有瑕疵。席间都不能安心吃饭,一面吃一面看电视新闻,得知群众焚烧公共汽车,砸毁商店玻璃,切断公共电话,并侵入瑞士大使馆。访问团一行既不能与市内友人联系,又不能通知家人平安,坐立难安,幸而一只彩蝶翩翩飞来,围着餐桌中心的康乃馨流连不去,逗开了大家的笑容。

回到旅馆,情况继续恶化,黑暗中群众中间有人开枪打伤了警察。我年轻时多次见过暴动的场面。通常,警察总是奉到严格的命令不许伤人。但若子弹先从群众的方向飞来,死了警察,上面的命令多半是"必要时开枪镇压"。以后的发展多半是群众死伤累累。观察事态发展者多半出现三种论调,有人推测第一枪由于群众之某一人幼稚盲动;有人推测第一枪由阴谋家混杂在人群中发射,以刺激情绪、扩大事态;有人推测第一枪乃是由警方的密探、线民行事,为霹雳手段设下借口。这三种说法通常都无法证实,唯一可以确信的是死者不能复生。我把这番意思告诉一位画家,他漫不经心地听着。半小时后,当地无线电台发表评论，指出流血的原因有三种可能，跟我的"姑妄言之"大致相同。那位画家这才对我刮目相看，连连追问："你怎么会知道？"

一连三次高空飞行，诱发我对超自然的思索，宗教在我心中如冬蛰苏醒。睡前恳切祈祷，祈求不要发生群众暴动，如果必须发生，希望华侨家庭的青少年不要参加。

12

访问团有经验，约定全团十一个人投宿同一旅馆，一定要住五星级的观光旅馆，理由：一是环境安全，二是自来水的水质可靠。

旅馆是一座"文明先进"的大楼。进了房间立时有放下一切重担的感觉。浴缸、洗脸盆、床头灯，诸般设计皆令人觉得方便而舒适。开业在十年前，至今仍一尘不染。平时我们常说在家千日好，出门一时难，坦白地说，这一夜我觉得比在家里睡得好。

餐厅设在一楼,早餐有三美:面包香,水甜,水果新鲜可口。外国旅馆侍者的共同经验:中国旅客进了店就要开水,因为他们要泡茶。这里的茶水确有着令人难忘的回甘。水果在色香之外还可以加上形状,诱人垂涎欲滴,有一个中国来的过客留下一句评语:"难怪叫瓜地马拉,果然好瓜!"由早餐看水土,这地方本该可以自求多福,安居乐业。

餐厅里的旅客忽然纷纷离席,第一个行动的人当然知道他做什么,后来的追随者,包括我在内,其实是莫名其妙的。大家登电梯,上楼顶,顺着先知先觉的手指俯眺,乃见远处一条大道上有两簇人对峙,一组黑色,一组杂色,显然是警察在阻挡游行示威的群众。在旭日的光芒里,他们举手投足的大动作清晰可见,面部表情是一丁点儿模糊的白,明知他们每个都是血肉之躯,可是现在隔得远,距离把彼此间的共同点过滤了、削弱了,看在眼里,不过是儿童玩具店里的两堆小人儿,用塑胶造出来的迷你傀儡。忽然,杂色的小人像撒豆似的向一堆黑影冲去，冲进一张牛皮糖做成的网里，绷得好紧好紧，再反弹回来。小人儿好像怎么也不甘心，势必卷土重来。正在紧要关头，黑色队里射出来一缕白烟，朝着那一团你挤我我挤你的人疙瘩，这个难分难解的结马上松解，寸寸切断，人人东倒西歪，落花流水。

我以前见过示威暴动的场面，但从未以这样的距离，这样的角度。黄鹤楼上看翻船，刹那之间，我忘了双方都是血肉之躯，忘记了这样的肢体碰撞非常痛苦，忘记了后续发展难以善了，只有升高。有血肉之躯就有血气之勇，有血气之勇就有血光之灾，由此产生人们称道的热血男儿。这块土地既然开那么漂亮的花，生长那么甜脆的水果，为什么也埋着暴力的种子呢？文学和历史都美化这种行为，这种行为真的那么美吗？

13

我们接到警告，不可走出旅馆的大门。想写信给你，但是没有新的材料，邮政人已经罢了工，即使写信，也是在邮筒里躺着。

吃午饭的时候，有位画家从外面回来，兴致勃勃。他说："怎么不出门？花了两千美金做路费，为的在旅馆里看电视？我长了这么大还没见过暴动呢，现在碰上了，也是瓜地马拉一景！"他今天上午没待在旅馆里，独自一人挂着随身包穿街越巷，现在不是好好的回来了吗！

午饭后，我也决定出去看看。外衣上面的口袋里有护照，下面的口袋里有钞票，不管遇见什么人都可以应付——警察来了，护照抵挡；强盗来了，钞票抵挡。你别失望（或是紧张），什么"人"也没有碰上，连走几条街，商店、学校、住户都关着大门。有一条街，商店橱窗的玻璃全烂了，半街碎屑，橱窗里空空如也。街道中抽掉了人，显得好长，每条街好像都通往一个可怕的地方。你会有一种感觉：每条街都嫌弃你，认为不该有你这个人。

有一条街，不大，一家小小的咖啡馆照常营业，我们进去,喝!你猜怎么着,老板是个中国人。他望着我,我望着他,彼此都有些意外。但是,亲切马上就把惊愕赶走了,看着四座只有椅子,我就说,今天是什么日子,你还开门?他说不开门客人怎么进来,只要有人进来,店门绝对不关。他是店主店员兼厨师,看头发是五十多岁,看眼神面色四十多岁,看装束打扮工作态度是三十多岁。南美洲的咖啡名气很大,他问我来杯咖啡怎么样?我不能喝咖啡,要茶,他说:"我这里有好茶,但是最好的茶叶也比不上中国,你跑到南美洲来喝茶,只有委屈将就着点儿了。"

很快的,熟悉了。当然,熟悉的程度非常有限。他说,这几天开门营业,太太孩子都反对,因为这条街上别的店都不开。"别人不开门,我偏要开。当年我祖宗在老家开饭店,地方上发生了一场水灾,家家户户没饭吃,水一退,我祖父就有热包子,连别家馆子的老板伙计都得到他这里吃包子,包子的价钱不但没抬高,还比平时便宜。地方上的人从此忘不了我祖父的店，我家也由此发了财。"既然开馆子发过财，后来又怎么到瓜地马拉开启咖啡店？他的手一摆："这些咱不谈。"语气忽然僵硬了。

14

访问团诸位画家摄影家预定今晚在此间的艺术学院展出作品，与当地艺术界人士会面。请柬早在一个星期以前发出。今天一整天，警察和群众不断冲突，盛传有大批枪弹运入首府，民众将随时武装起事。画家们好生踌躇了一阵子，酒会到底要不要取消？取消，邮局和电话局都在罢工，如何通知被邀者？不取消，沿途往返有没有危险？被邀者会不会来？

访问团决定如时到艺术学院候驾，即使只有一个人来，也要在场迎候这位风雨中的知音。晚饭后沿着"最安全的路线"行车，转弯抹角，路边时见有四轮朝天烧成一团的残骸。行至一处，车子停下，驾驶员下车到前面十字路口察看情况，车门开处，一股催泪瓦斯的气味随风涌入,车里响起一阵此起彼落的喷嚏。十分钟前,此处犹是"战场"。

艺术学院设在市郊的丘陵上,前面一片草坪,背后一片树林,在暗夜之中也能"看"出环境的清幽。预定的时间是九时,这个国家里的人向来喜欢迟到,今天晚上却特别守时,他们想早去早回。这天晚上,画家们准备忍受寂寞,却不料爱画的人真多,陆续来了一百多人,聚满了礼堂,他们对四壁展出的作品十分称赞,最后才和画家一同离场。来者多半也穿过刚刚解除封锁的街道,衣襟上、发根间沾着的催泪瓦斯残余的气味,淹没了画香酒香脂粉香,有些人必须到室外打喷嚏,在晚间清凉的空气里深呼吸,擦去眼眶中汪汪的泪水。

外面的坏消息也不断传来,市内暴动持续,已有七人死亡,一百多人被捕,街头的紧张惨烈与学院中雍容典雅是两个世界。酒会结束,我们回到旅馆,电视新闻正在播映救护人员如何把一个受了重伤的青年放上担架,伤者大概不到二十岁,身材适中,肌肉结实,已经失去了知觉。他穿着一件大红的衬衫,看不出血在哪里——又像浑身是血。十几岁的孩子!我想到他的父母,心肌抽得很紧。

15

酒会中,我访问了瓜国的艺术学院院长 Max Saravia Gual,林灿辉先生居间翻译。时间短促,我只好单刀直入。

"在一个动乱的社会里,教育家如何培养艺术人才?"

"我主张启发学生自由表达的才能,避免予以艺术以外的影响。"

"什么是艺术以外的影响?"

"如果我属于左派,我不会指导我的学生利用美术攻击右派;如果我是右派,我不会影响学生排斥左派。或左或右,由学生自己选择。"

"教授们的态度呢?是否都能和院长一致?如果

教授在授课时向学生灌输政治思想呢？"

他承认这是一个难题，他只是指着那些画重述一遍他个人的主张："我喜欢这些画，因为它们画得好，我不在乎画它的人有什么理想抱负，但求彼此艺术感的沟通。"

"在贵国，一个艺术家如果不关心现实社会，如果他为艺术而艺术，他是否可能遭到社会上某些人士的指责？"

"非常可能！艺术家常常受人指责，指责他的人除了有政治上的理由，也可能有道德上的理由。看看艺术史，大师为革新表现的方式，树立新的风格，当时受人唾骂者岂非大有人在？这是艺术家应有的冒险。一个人在立志研习艺术之前，就该立志负担这种风险。"

"如果所有的艺术家都能接受您的意见，专心艺事，摒弃俗务，当然很好！如果，仅仅是如果，艺术家以艺术为工具，侵犯他人的安全，其他的艺术家应该怎样保护自己？怎样保护社会？"

"啊，这种事情在本国随时可能发生，艺术家认为有必要，当然可以保护自己的艺术良知。但是，第一，他拿出来的东西必须是够格的作品，不是寻常口号教条；第二，他必须是自发的，而不是出于别人的组织或指使。"

"如果以艺术为侵略工具的人，他们有组织、有计划、有指挥系统，而散漫的、各行其是的艺术家如何抵御他们？"

这位院长听了我的话，耸肩摊手，表示无可奈何，访谈就此结束。

16

访问团去看玛雅文明，玛雅人是印第安人的一支，大约公元前一千年前后，在中美洲创造了辉煌的文明，留下许多圣坛、金字塔、纪念碑、宫殿的遗址，为热带的丛林严密覆盖。瓜地马拉政府披荆斩棘，便利学者，吸引游人。那宏伟的建筑和建筑内外的浮雕塑像文字图案，更使世界各国的艺术家一心向往。

亲近那些玛雅文物，要坐小型的飞机，我对这种飞机的保养和驾驶的素质没有信心。瓜国的治安如此，那平时人迹罕至的地方吉凶难料。我虽然喜欢看画，那西洋美术的奶水，像非洲模糊不清的壁画，缺鼻子断臂的希腊雕刻，博物馆里儿童作业一样的草木禽兽，实在不能给我多少营养。我对玛雅人的历史究竟陌生，他们留下的残梁断柱也不能使我像看"西风残照，汉家陵阙"。

我决定不去。

再说我也非常疲倦，在台北常年紧张，出国后连续飞行，新事物产生刺激，未来新工作的压迫感，还有食欲不振、体力虚弱，痔疮复发便秘失血，我这匹骆驼背上堆积了一座稻草大山。

长日无事，又决定打一个电话通知在瓜都做生意的朋友，趁这个机会见个面。这个电话也经过一再考虑才伸手拨号，我此行本来是想创下"秋毫无犯"的记录，绝不惊扰熟识的人。

电话接通,他马上来了,像一阵风进了房间,一面喊我的名字,一面拉开窗帘,放入光线,仔细看我,看我的眼角、发梢、头顶,我也看他。我们已经十五年没有见面,一个人在十五年内有许多改变,我们究竟看到了什么,也就无须细表了。

我爽快地告诉他,我们明天下午离开瓜国,今天需要的是休息,他一不必请客吃饭,二不必驾车导游,我实在没有精神。他说这附近有个湖,风景不错,该去看看。我问这个湖比咱们日月潭怎么样?他说差不多——既然差不多,何必去看?他说室内的印第安博物馆值得看,我问比咱们台北故宫博物院如何,他说差多了——既然差多了,何必看?总之,今天决定"休养生息",哪儿也不去了。

好吧,他说,咱们是老兄弟,"到底有什么要我做的没有?"我问这里的情形怎么样,他说市政府已经罢工,只有市长一个人去上班,有人向市长的座车开枪。他说首都电讯局局长今天被机枪扫射而死。乡下的游击队攻进一个镇,杀死了两名警察。

"咱们都经过一次天下大乱,知道由治到乱的公式。我常用这个公式演算瓜地马拉的局势,结果并不乐观!"

这儿华侨的处境呢?他顿了一顿。"你八成是要写文章吧?如果写文章,千万不能写出我的名字来。看表面,华侨的处境不错,其实呢,局面不乱则已,一旦乱了,他们本国的乱世民尚且不如太平犬,何况外国人?我现在手上有个生意,雇了四个职工,好像很风光,别人哪晓得四个手下个个靠不住,大事小事你得亲自过问,这四个人领你的薪水等你垮,等天下乱了分你的财产!这种鬼地方!"他看表。"我先回去了,晚上再来!"一阵风一样地出去了。

17

我独自去参观印第安艺术博物馆,一半为了散步、晒太阳。博物馆的面积不大,进门要签名,要换拖鞋,规矩不少。馆内可以用"鸦雀无声,一尘不染"来形容。陈列品多半是编织物，当然是琳琅满目，可是我觉得这个馆患了洁癖和冷感症，冲淡了印第安艺术的特色。大概人在精力不够的时候容易不耐烦，我没有多看。

外面的阳光明亮温暖，这是令人留恋的秋阳，这是一年之中最后的好天气。大概就是在这样的阳光里，印第安人从亚洲长途跋涉来到南美，大概就是这样的阳光，照着他们编织、耕种，照着他们灭亡、受奴役，照着后代的混血儿、冷漠无情的博物馆和观光客。我常常大感不解：印第安人究竟为什么离开亚洲，由北美而中美而南美？书本上说，当年没有白令海峡，亚洲的土地和阿拉斯加相连，印第安人从"冰桥"上走过来。你算算这条路有多远？是什么力量支持他们、驱策他们？若说是为了气候，亚洲也有南方，而且有些印第安人在北美洲最冷的地方留下。有一本书上说，印第安人追赶野兽，偶然"发现"美洲，逐步南移，这个说法我更不信了。

如果当初他们留在亚洲,结果又会怎样呢?他们是不是后悔了呢!

马路非常之平坦整洁,阳光照着瓜国建国者的铜像,也照着一个枯瘦的东方人,提着箱子,蹒跚而行。

"先生!买一点纪念品吧!"他拦住我,打开箱子,展现出现代人模仿印第安工艺品做成的耳坠、荷包一类的小东西。

他是一个中国人!我不看他的货物,看他的脸,看他干枯的中年,嘴唇、眼窝、头发,使我想起久旱的季节,也使我想起了瓜国肥厚多汁的水果(他好像从来不吃水果)!他拿出两件小东西来在我眼底晃动,他的指甲焦黄。

"先生!这些东西本来不能自由买卖,你得到指定的商店去买,路远,价钱又贵。再说,中国人的钱为什么不让中国人赚呢?"

"好,我买,"我随手挑了几样,"生意好不好?"

"不一定,我得碰运气,不知道观光的人什么时候来,也不知道什么时候撞见警察。"

他卖这些小东西并不值钱。"卖这些东西又能赚多少钱?你有家眷吗?"

"我有三个孩子。"

"你是怎么到瓜地马拉来的?"

他睁大了眼睛:"问这些做什么?"

我说:"我搜集故事,我出钱买你的故事怎么样,你要多少钱?"

他说他的故事不能告诉别人。我找出一些话来想说服他,把钞票丢进他的箱子里。"走吧,到我住的旅馆去谈,如果故事精彩,我还可以增加。"他说:"你住的那种旅馆,我们小贩进不去。"我说:"你不是小贩,是我的客人。"

我们走,他提着箱子,箱子里有我的钱;他闭着嘴,腔子里有他的秘密。我的手插进口袋里玩弄纸笔。他如果中途逃走,我想我拦不住他。可是这个人老实,他在旅馆门口站住了,不肯进去。

"不能讲,我的故事不能讲给你听。"他的声音忽然沙哑。他用干枯的手指打开提箱，抓起钞票塞进我的口袋里。

"实在对不起，我的故事是不能讲出来的。"他几乎是在呻吟。

18

夜晚，我已经上了床，我的老友匆匆来了。"行李收拾妥当没有？"妥当了。"有什么要我做的没有？"没有，真的没有。

朋友叹了一口气："走吧，走了也好！想不到十几年不见，今天见了面说这种话，我也想走，移民到美国，或者回台北！"

他解释为什么不能来陪我，他接到了游击队的恐吓信，信上说，他必须捐一笔钱出来支持革命。他说钱是身外之物，问题是，捐了钱怎么向瓜国政府交代？眼前的困境是：不捐钱，游击队可能送炸弹；捐钱，政府准备了监狱！

轮到我来想我能为他做什么了,答案也是:"没有,真的没有。"

他听说我要到美国工作一年,就向我要在美国的地址,也写了一个地址给我:"如果我到美国,暂时住在这个地方。"他提起抗战胜利的那一年,我们结束了流亡学生的生活,各寻出路,自知一时萍踪无定,就郑重其事地交换了老家的地址,满心以为"山转路转,老家不变"。哪料到那些通信处马上就失掉效用,哪料到四十年后,垂垂老矣,又要用弯曲歪斜的蟹行文字交代在番邦的下落!

这天夜晚,我的朋友神情疲倦,精明和敏捷依然。他是一个临危不乱的人,这天大概压力太大了,有一次小小的失误:我们已握手殷殷告别,他去而复返,从口袋里掏出一沓风景画片。

"我几乎忘了,瓜地马拉的名胜都在这里,你既然不能亲身游览,就看看图画也好。其实,就算你去过,几年以后也是忘光,最后能拿出来的也不过是这几张照片!"

他走后,我睡不着,不过旅馆仍然是舒适的。那阿根廷人说好地方只有飞机,我想还可以加上这家旅馆,可是明天也要离开了。

温柔桃源

19

由旧金山南飞,第一站哥斯达黎加。看地图,北美大陆和南美大陆之间,汪洋之中,有一条狭长的陆地,好像一条走廊,哥斯达黎加在这条走廊上与巴拿马为邻。巴拿马名气大,因为它有一条运河,运河在巴拿马开凿,正是因为此处陆地最窄。

人在飞机上已经感受到中南美热带的风情。在我前一排座位上坐着一男一女,都是拉丁美洲人,他俩一直拥抱在一起,嘴唇咬着嘴唇,酒是不断地喝,饭菜一口也没尝。我猜他们是蜜月中的夫妻。他们也在哥斯达黎加的京城下飞机,一走出机门,两个人就谁也不再理谁,谁也不再望谁一眼。在接机的地方，有个他在等她，也有个她在等他。各人投入自己另一半的怀抱，难解难分。情况出乎我意料，看来我得准备接受一个陌生的世界。

哥斯达黎加的京城叫圣阿塞，圣约瑟，或者圣荷西，同一个地方有三个中文译名。进关的时候，检查人员一面听音乐(脚下轻轻地踏着节拍)，一面心不在焉地翻箱子。旅客排着长龙，等候检查，后面有人不耐烦，提起箱子，径直从另外的一个出口走了，竟也没有人拦他。我不免想到劫机，几天以后，我知道哥斯达黎加没有军队，圣阿塞的市民没有危机感，也没有假想敌，关防松懈，也是中南美洲的特色。

机场离市区相当远，一路上左顾右盼，见山水平常，土地却十分肥沃。下车后在旅馆的大厅里等待，左等右等只见一缸热带鱼兜着圈子慢跑。旧金山饭店旅馆里的服务迅捷，我是领教过的，此时不免用开玩笑的口吻问一句："这家旅馆的服务人员是不是闹罢工？"朋友说："他爱干就来，不爱干就不来，哪用得着罢工？"

朋友说：拉丁民族的生活情调就是悠闲，跟他们来往，不要把悠闲当作慢待。有个当地人指着鱼缸里的金鱼问过他："这几条鱼大概每三分半钟绕鱼缸一圈，那么，又何苦一定要它们改成两分钟一圈？"——确乎不必，如果我们也是热带鱼。

朋友临走的时候半真半假地提出警告："你们在这里会吃到最难吃的菜，因为做好菜要抢时间，拿火候，费心机，是非常之不悠闲的。"

20

哥斯达黎加本来不该是此行的第一站，按路程排列顺序，应是瓜地马拉、萨尔瓦多、尼加拉瓜、哥斯达黎加、哥伦比亚、秘鲁。可是哥斯达黎加的接待单位希望画家的展览能在"双十节"举行。

我们的第一个节目是参加为"双十节"而举办的园游会，看见密集的华人，这样偏远的地方，这样小的国家，竟也有这么多中国人奔命而来。有闲情参加园游，当然已经有了生活的基础和目标，所以阳光下个个笑脸如花。座中有位焦点人物，他说他戒了烟。戒烟成功免不了经过一番奋斗，他在哥国的朋友都表示大感不解："香烟这玩意儿，你想抽就抽，干吗要这么认真呢？"

在那里遇见不少熟人，我问他们要住址，他们只能给我电话号码。圣阿塞大部分街巷没有名称，大部分商店住宅没有门牌号，通信要在邮局里租信箱，招待朋友要管接管送，问他们住在哪里，他实在说不清楚。然而有些初来乍到的朋友误会了，以为被拒于千里之外。一国的首善之区居然没有街名和门牌，其他城乡呢？没有门牌号码的地方难道会有保甲连坐、怎么能组织动员？世界上居然有这样的人间，明知道这是真的，还是觉得有人骗我。

我要为园游会写报道，例行节目单调乏味，需要扩充材料。园游会的第二主角是孩子，家长带着孩子来去，我仔细端详他们的孩子，我和那些家长谈孩子。有些孩子已经不会说中国话了,做家长的心不甘,安排孩子去学中文。一位太太说,她的孩子反抗这种安排,质问:"我为什么要学中文?"

"因为你是中国人。"母亲如此回答。

"我为什么要做中国人?"孩子再问。

母亲说:她只有用耳光来回答孩子了,她希望我能替她想一个答案,简短,有说服力,孩子听得懂。

另一位母亲说,她告诉孩子,学会了中文你就多了一套本领,长大以后你就多了一条出路。中国的第一代移民当然勤奋,下一代难免濡染了"悠闲",怎么啦?我还要为了工作去学另一种语文?她也希望我能替她想一个答案,简短,有说服力,孩子听得懂。

一个孩子,可能要在中美洲度其一生,你还要劝说他做中国人。一个人,即使不识字,也能在椰子树下弹吉他唱情歌度其一生,你还要劝说他为了谋生多修习一种语文。叫我怎样措辞?

可是仍然应该学中文,今天在世界各个先进国家,中文都是热门。我们有先天的优势,后天的便利,学起来事半功倍。孩子听不懂,你还是得说,有一天他会懂。

再想一想,中文结构复杂,传统的教学方法枯燥,孩子可怜,当年我们识字,谁没挨过老师的板子?在国外,你得放下板子,孩子也就放下课本。我们学会了中文,觉得中文有趣,这种趣味,怎样在开始教学的时候就让孩子先尝?我们并非想做中国人才去打麻将,麻将牌有趣味,然后,打麻将的时候更像是个中国人。看来中文的教材和教学方法你得重新设计。既是"随行采访",这番议论不能由我来说,必须找别人来说。我逢人便问:圣阿塞,谁是中国语文的教育家?

21

我搬入一家省钱的旅馆,天花板低低的,水泥地湿湿的,抽水马桶黄黄的,桌子小小的而枕头硬硬的，使我想起淡水、桃园的一些小旅店。这家旅馆不但租金便宜，而且老板从台湾来，多闻而健谈，电话总机能说中文，厨房能炒一两样中国小菜。

住在这里的第一件好处是可以多写几封信给你，旅馆柜台代售邮票，不必到邮局排队去买。在这里，买邮票和买机票一样麻烦。观光级的大旅馆不卖邮票，你可以把信写好交给柜台代寄，邮费之外当然略加小费，可是悠闲成性的服务人员多半把信往柜台底下一塞，忘记了。

这里的老板告诉我，寄信回台湾，地址要写Formosa。这是我们最不愿意使用的名称，可是他警告，邮局按地址分信，先看最后一个字，他看见China，会把这封信送到上海，他看见ROC，会把这封信送到智利。他们并不知道台湾在哪里。

住在这里还有一个好处是消息多，特别是有关中国人的消息。如果我还住在那家观光大旅舍里，恐怕不知道昨天晚上有对夫妇在街头被汽车撞倒，两个中国人，而且是很有钱的中国人。丈夫当场死了，他在千钧一发的关头推了太太一把，太太因此而受了轻伤——内心的伤害不算。听说夫妇俩专程到圣阿塞来办"退休"居留，在哥国存款置产可以立即取得居留权，钱多好办事，他们没几天就存了款，买了地，完成了一切手续，现在不幸出了意外，要包专机把棺材运回台北。

这儿的男人喜欢喝酒，酒后驾车，拿着大马路当高速公路闯，什么斑马线、红绿灯，到了周末都是靠不住的，该悠闲的而不悠闲，新来乍到的人如何晓得！这一死一伤，实在冤枉！有人说，倘若他们没有钱，就不会到地球的另一边来，依然在家里坐卧平安，不会有这场飞来横祸了。一切命中注定，庸人何苦自扰？——你以为呢？

22

昨晚外出踏月，漫无目的地走了好几条街，处处有抱成一团的情侣，却没看见一个警察。据说此地没有强盗,因为强盗的工作太紧张,谁也不愿意干。家家门前的空地上开满了鲜花,我应该仔细看看那些花,其中有在台湾看不到的品种,可是我只留下想象,长街灿烂如一条彩色的河。若是换一个地方,一定有人来偷偷地剪花,那人未必需要这些花,他需要的是"剪",他在剪人家的花,他觉得快乐。在这里,没有任何一家为他的小花圃围起栏杆,民风淳厚,这是另一种形态的夜不闭户,我宁愿如此解释。

虽然我住在火车站附近,也没看见想象中的夜生活。有几家酒店通宵营业,门面不大,招牌也很小,里面复杂热闹,充满了嘈杂的音乐。暗淡的灯光,浑浊的烟雾,浓烈的酒气,摇摆的人影。归来故意绕进一条巷子,巷子很窄,房屋古老,立时觉得年光倒流,离开大街就是离开现代文明,就是离开压力。看见有个汉子对着别人的窗子弹吉他,表演有名的拉丁情歌,看不出他的年龄,拉丁男人多半粗大迟钝以及偶然豪放,他就是那个模样。唱了半响,门开了,还以为"琴挑"成功,佳人相会呢,出来的是个老头子,笑嘻嘻地送上两罐啤酒,敢情是意中人的爸爸表示赞助来了。

23

七位画家的作品今日揭幕展出,哥京的艺术官、艺术家和华人侨团的领袖纷纷光临,副总统牟立欧女士致开幕词,她兼任文化部部长。其人身材高挑,仪容如英国贵族,谈吐和蔼,眉宇间自有精明。跟她同来的哥国人也都是一时俊彦,恍如哥国上流社会的缩影。

我要求访问这位副总统,她听说我服务的报纸有一百万份销路,欣然接受。访谈在文化青年部办公室七楼举行,时间为一小时,两位副部长和国立艺术馆馆长陪同,黄龙元先生担任翻译。

我首先要求部长说明文化部的沿革和职掌,从黄秘书的翻译里,我知道文化部本来叫做青年文化体育部，部长之下，设有文化、体育、青年三个部门，业务范围比想象中要大得多。我的访问向青年问题倾斜，青年是正在成长中的可塑体，文艺则是塑造青年人格的一种力量，这种力量多一分或少一分，对青年的影响自然不同，如果这种力量发生了"正"或"偏"的问题，影响就更大了，为了给青年人提供一种无害的环境，文化部是否有所作为？这位部长说，在一个民主自由的国家里，文艺作家是自由创作的，文艺作家并非都考虑到一言既出之后青年们的感受如何，即使有人考虑到这个问题，他的结论跟文化教育主管机构的构想也未必一致。再进一步说，在哥国，世界各国的作品都可能在欣赏者面前展现，另一些国家的作家，连他们本国的青年都未必考虑到，又如何顾得了天涯海角的外国青年呢！因此，哥国的青年像所有开放的社会中的青年一样，是暴露在各种撞击之下成长的。他们必须凭天赋的良知不舍弃正确的道路，没有人能替他们布置无菌的温室，他们常常是感染了什么再产生免疫的能力。

我很谨慎地提出一个问题：在哥国，有没有一种外来的精神力量，对哥国固有的生活方式构成直接的威胁？有没有一种权威或一种传播媒体，鼓励青年人否定现有的价值系统？如果有——事实上，我知道已经有了——哥国政府的对策是什么？

这个问题提出之后，两位副部长中资深年长的一位立刻向部长要求发言。容我补充，在一个小时的谈话中，部长办公室的气氛相当严肃，除了部长侃侃而谈之外，他人皆端坐待客，肃静无声。现在，这位副部长老成谋国，亲冒矢石，替部长接下这个尖锐的问题。他说，哥国是民主国家，各种不同的思想兼容并包，并不定于一尊。他说，文化部虽然管辖新闻事业，但不能干涉报纸言论，因为哥国的报纸全是民营的，政府自己没有"机关报"。政府十分注意广播电视节目的教育性，也十分注意学校中的训育工作，但是政府所能做的，并不比其他民主国家所能做到的更多。

最后，牟立欧女士很郑重地说，久闻台北的青年救国团"善用各种方法带领青少年向前向善",很想访问台湾。我把访谈经过写成报道寄台北发表,也把这一段话寄给青年救国团的执行长宋时选先生,促成了牟立欧女士的台湾之行。

24

美术家亲近自然,文学家观察人生,我常常不能和画家们同行。朋友问我想看什么,我喜欢看人,他带我去看另一种人。这里已是热带,正值雨季,每天中午落一场小雨,不但空气凉爽,马路也被冲洗干净,休怪圣阿塞人喜欢闲逛,我们也正要看看这些闲逛的人。

在这里,闲逛是一种生活方式,男男女女,不为什么,只为出来走走,有些女士走累了,就倚在十字路口的大圆环上做一会儿观众,看人家走。她们多半露出肚脐,摇曳着闪闪生辉的耳环,多半挺着胸脯,转动又圆又亮的眼珠,随时准备谁看她、就给谁一个微笑。女孩子就在街头和从她身旁经过的男子婆娑起舞,音乐嘛,男子随身带来了收音机。她在舞姿中显出高挑的身段,充满弹性的臀,露出更多的像瓷器釉彩一样的皮肤。这些女孩子都十七八岁,处于她们一生最动人的时代。在这里,一个不肯控制欲望的女孩子,她的青春有限,大约到二十五岁就会臃肿粗糙,像个多育的母亲了。

我们也注意那些男人,多半又黑又粗,腮肉横向,肚皮的褶皱遮住了半边皮带。多半大手大脚,胸膛宽厚,敞开上衣露出乱草式的胸毛——男人的胸毛是不能剃掉的,据说,没有胸毛的男人还特地买一种进口的假毛来贴上呢。他们多数浓眉、大眼、厚唇,豪健之中带几分憨实。这就是美,美是多元的,他们有自己的审美标准,不需要别人制定。这也是他们一生的黄金时代,每天只要几瓶可口可乐和几片面包维持生命,再用烈酒和女伴消耗生命。他们有恋爱,没有殉情;有婚变,没有情杀。他们一生无所谓胜利也无所谓失败,他们中间不产生史怀哲也不产生成吉思汗。

谈到酒,朋友说,圣阿塞最著名的名胜古迹就是酒厂,有人不知道总统府在哪里,没有人不知道酒厂在哪里。哥国人懂得自嘲,他们说,一旦发生了战争,他们首先考虑怎样保卫酒厂,然后才是什么"兵家必争"之类。有许多人整天泡在酒馆里,或者裤子后面口袋里装着酒瓶,四处游荡,轻易不回家,回到家,家里也没有厨房,因为他在外面已经喝饱了。

哥国人虽然如此嗜酒,却个个精神抖擞,充满自信,看不到一个酒精中毒狼狈肮脏的无赖汉,这是什么缘故?朋友说,这是因为哥国男女自由做爱之风盛行,称为滥交也并不过分,男子因此寿命很短,等不到四肢发抖头脑昏沉的年龄就离开了这个世界。很多家庭只有女子,没有男人,甚至三代同堂没有一个男主人。

听了这一番话,我有点毛骨悚然。

朋友指指点点地对我说,他的太太不能欣赏这样的男人。太太问他:"你想过没有,如果我们在这安家立户，我们的女儿可能嫁给这种男人。"他们有两个女儿。

他问我看法。我想，他在考虑这个问题的时候是非常孤独的。这时我也很孤独，我思索，为什么人与人的差别这么大，我在街头看到的这些人，和我在画展开幕时看到的那些人，怎么会是同一个国家的国民？

25

晚上，我们去拜访哥国的一位小说家，一位四十多岁的女士。她住在郊区，门牌号码当然没有，住宅的标志是："出了市区，路左第 × 棵大树。"

车子驶到市外，果然出现大树，靠近车窗的人连忙数树，数到第 × 棵，叫声"到了"。树后一栋门窗紧闭的木屋，按了半天电铃也没有人应门。莫非数错了树？车子开回去，重新再找，不错，仍然是这棵树，仍然是这栋木屋。

屋里仍然没有人。大家议论纷纷，怀疑是弄错了时间，我们的朋友说："时间没有错，本地人对约会向来不守时，大概主人在外边还没有回来。"

这时候，夜色已经浓了，我们就在阴森森的大树底下等候，一个小时以后，有一位女士来打开房门，我以为女主角出场——但她不是主人，她是受主人之托先接待我们进客厅小坐。再过一个小时，主人姗姗而来，我们已是挫尽锐气。

我们的朋友兼翻译再三解释过，这种迟延是社交的常态。他的话大概不假，主人神色怡然，没有一个字提到抱歉，她亲手张罗了酒、点心，赠送了新出版的短篇小说集，的确无意慢客。据说拉丁美洲式的社交热情不是准时开始而是逾时不散，今夜不到明晨两点我们回不了旅馆，我听了暗暗叫苦。

主人是西班牙世胄，比一般拉丁妇女的气质好，但外形仍嫌超重，说话的声音很低，似乎不健谈。她没有发表对文学的见解主张，谈了些哥国文坛近况，我听了摸不到头脑。后来谈到她的先人到中美洲来的经历,有一句话是:"一个人离开自己的国家,都是由于后面有一根针刺他。"倒是警句。

十二时,客人离座告辞,主人谈兴正浓,大家站在客厅里又谈了半小时。十二时半,客人到了门外,主人站在门口,彼此说了再见,之后又延长了三十分钟。据说这是典型的拉丁模式。

这一夜,我唯一的收获就是她那句话:"一个人离开自己的国家,都是由于后面有一根针刺他。"

印第安人离开亚洲,也是因为后面有根针吗?

有海水的地方就有中国人。照她的说法,中国是个多针的国家?

26

黎明即起,到中美洲有名的伊拉苏火山一游。伊拉苏是当年一位印第安酋长的名字。凭此可以想见当年印第安人的赫赫威势。白人向中南美洲殖民,将印第安人赶尽杀绝,但许多地名并未更改,好像度量宽宏，又好像不在乎为他们的侵略留下罪证，这件事我不知道应该怎样评价。

伊拉苏在圣阿塞之东，海拔3432米，辟为旅游景点，汽车可以开上山顶。这是一座活火山，1970年爆发过一次，山上山下一片焦土。现在山下的农田和山麓的林木恢复了青青翠翠，再向上走，植物越来越少，土色越来越黑，偶然有一棵枯死的大树屹立不倒，枝干臃肿，全身乌黑，幽灵似的站在雾中。到了山顶，恍如置身一堆铁屑之上，完全没有生机。这是大自然无理咆哮造成的垃圾堆。资料说山顶经常为云层覆盖，我们只遇见朦胧薄雾，可以照相。站在山顶俯瞰，有一条自上而下纵贯山身的峡谷，是当年岩浆冲刷而下的去路，由谷壁狰狞的线条可以感受到毁灭的恐怖。

游人不多，我们的画家也有三人缺席，他们没兴趣，这地方没什么可画的。我来了，来看毁灭，那些年，毁灭的忧伤像发烧一样缠着我。南美洲对我的吸引力也是毁灭，白人在那里毁灭了印第安人。

《圣经》说上帝造山,没说他造火山,这火山到底从何而来。伊拉苏火山是一个强大的毁灭者,每次爆发时,当地人都说酋长发怒了,印第安人冤哪,这口气百世难消,他们说得顺嘴,我听了发抖。火山爆发以后留下一个很大的火山口,资料说直径1050米,我不敢走近,远看像死神的嘴,含住云雾,遮住牙齿和舌头。我们一行只有一个摄影家站在洞口拍了一张照片,角度向下,也不知道他照到了什么,我们这一行只有我一个人想象劫后幸存的人如何建构他苟活的哲学,也没人知道我想什么。

除了我们以外,陆续又有两批游客到达,有一批是青年学生,他们在山顶生起炭火吃起烤肉来!这倒是个绝不会引起火灾的地方。可是,如果酋长忽然发怒了怎么办?人到此处不是为了满足口腹之欲,有人在半山腰开饭店,怎么没人盖教堂?这座火山正是世界末日的样板。对中国人来说,盖一座小庙更有意思,在这座小庙里修行的和尚,会比大都大庙的和尚提早成佛,游客就算是到庙里抽个签,也比烤肉串有文化。当然,只要死神咳嗽一声,教堂庙宇就要化为灰烬,这也正是只盖庙不开店的理由。

27

我们乘长途巴士出发,访问哥斯达黎加在太平洋的港口泮大连,那里的侨胞邀请我们参加他们举办的"双十"晚会,说是想看看远道而来的中国人。画家正迷恋哥京内外的印第安文物,我倒也很想看看泮大连的中国人。

一路越过连绵起伏的丘陵,丘上长满浅浅的细草,棱线温柔如乳。"泮大连"的意思是尖沙嘴,海口冲积沉淀形成陆地,我们渐行渐近,公路伸进碧波之中。一望尽是桅杆海鸥。当年第一代华侨登临斯土,马路上晴天也有雨水海水,正是历史家所说的苦地,苦地才是新移民的空间。百年以来,中国人以最低的生活水平,最高的劳动量,开辟了这个中国城,货物集散的中心。

节目排得紧凑,下车后直奔餐厅,当地的侨领准备了午餐,他是晚会的主办人,也是泮大连码头的小诸侯。泮大连的精华不在市区而在港口,餐后,跟着他去看他的船,他的工人,他的海水。码头的海潮深浅难测,淘尽多少钢筋铁骨,他在这里呼风唤雨。几个工头模样的人围着他讲话,争先恐后,他伸手挥开,带我们在码头上边走边看边说。他用手指画了半个圆圈:这一片地方,一代一代中国人拼了命,我得好好地替中国人守着。中国人来到泮大连,告诉他找我,只要肯吃苦,咱们一块儿吃苦一块儿活。

晚会在中山纪念堂里举行,入场以后,侨社里戴着头衔的人物一个一个跟我们握手,握得很紧,手心很热,我也弄不清楚谁是谁,他们也没有名片给我。我想他们也未必知道我们一个一个姓甚名谁,我们的画,我们的文章,对他们也没有多大意义,有此一握,只因为他是中国人,我也是中国人。节目开始之前,我们站上舞台让主持人一一介绍,满座给我们最久的掌声,许多太太小姐跑到台前来向我们招手,我想,理由一样,他们是中国人,我们也是中国人。人到泮大连,才知道中国人如此值钱。

28

节目开始,场地四周坐满十岁以下的孩子,散发着牛奶的气味,紧挨在后面的是他们的母亲,一排朴实坚忍的面孔,其中有中国式的圆脸,也有长眉黑瞳的拉丁式大眼,以及削颊高颧的印第安风味的小妇人,她们的特征又传给了孩子,在孩子脸上加着减着乘着除着。中山先生年轻时的照片挂在墙上,注视他们。

晚会的节目以服装表演为主,出场的模特又以小朋友为主。据说全部服装都是侨胞自己缝制的,亏得她们做出高领紧身的旗袍,绣成光华耀眼的披肩,复制用打结方法做出的纽扣。司仪的口才大概不错,不时逗发全场爆笑。不过自始至终会场里用的是西班牙语,看来广东话已经不能在他们全体之间沟通。

之后，是跳舞，小朋友退后几尺，把地方让给大哥哥和大姐姐。舞者在父母、亲友的兴奋注视下，双双对对入场，中国的女孩子挽着拉丁少年的手，拉丁少女挽着中国少年的手，音乐声中化作妙曼流动的线条。有些中国孩子，华侨的新生一代，体内有二分之一的血液属于中国，如果眼前的有情人终成眷属，他们只能将四分之一的中国传递下去，然后就是八分之一……然后是十六分之一……然后，然后将无从识别，不易觉察，化为茫茫人海，芸芸异族。这是中国人的消失，是祖先第二次的死。黯淡的灯火里，忽有小女孩大喊一声"妈妈"！标准的北京腔，我悚然一惊。

今夜，在旅馆的长窗下，望成排的椰子树，望椰子树间隙中的海岸，我思念第一代的华侨，他们干吗要在惊涛骇浪中九死一生抢滩登陆呢？究竟有一根什么样的针在后面刺他们呢？他们如果能预料今日的结果，还肯漂洋过海吗？你说"有海水的地方就有中国人"，岂真是中国的光荣？

29

早晨,我们来到码头边,我知道那苍茫的海水正是太平洋。我知道我面对着你们,你们也面对着我。海浪是两岸连起来的肌肉、神经纤维,是我们互相呼应的共同脉搏。我浪漫地想:这些人的脚踏在尖沙嘴上,轻轻震动海滩,震波穿过太平洋到对面的海滩,中国大陆的海滩,中国台湾的海滩,那海滩上也有一些脚,发出一些震波。海水不曾将两者切断,反而从中间一脉相连!

我们九点上船。拉丁朋友们并没有迟到,他们慢慢地检查船上的机件,慢慢地整理一件庞大古怪的敲打乐器。十点半开始,一艘双层的游艇载着我们出海。这是一个乏味的节日,海上有什么可看的?只有上上下下几只海鸥,只有面包似的两座孤山,只有在波面上迸溅跳跃的阳光,只有船尾牵曳着两条白浪织成的花边。这些景色,看个十分八分钟是很好,可是现在要看六个小时,就是这点景色也没有人仔细看,年纪大的人在底层打盹,年轻的在顶层跳舞。

然而,这是一个例行的、不可或缺的节目,男男女女扶老携幼都来参加。是由于泮大连没有歌厅戏院吗?也许。然而游海的节目是怎样兴起来的呢?对泮大连的中国人为何有那么大的吸引力?也许,这个节目反映了、转化了老一辈华侨的归念和乡心,他们登了船,朝着来的方向驶去!他们会得到刺激和满足。

这么说,"游海"就是一个庄重的仪式了。中国人!背后的那根针,早晚会化成磁铁。

30

回到圣阿塞,哥斯达黎加的行程终了,访问团决定把旅程向南延伸,到秘鲁看印加文化。我们到航空公司去把由圣约瑟到利马的一段票价补上。飞机票的票价跟里程有关系,飞得越远,平均每一里的票价越低。延长里程要重新计算票价。

航空公司的职员伸出白嫩的手指夹住机票,另一只手悬在计算机的键盘上欲敲未敲,眼睛却看在远处。太麻烦了,宁愿不做这笔生意也懒得计算。我们连跑三家航空公司,有一家告诉我们不成问题,到下午忽然又变卦。我们的中间人反复地说:"要是中国人在这有旅行社就好了!"

这句话使我联想到另一句话。哥国正在修建他们的总统府,工程进度很慢,听说有人感叹:"如果由中国工人来修就好了!"

明天要离开哥国了,众人忙着买土产,我的行李箱已经太重了,我到公园里去看人,看中国人。人少麻雀多,人远麻雀近,此地的麻雀很别致,跟中国北方的麻雀不同,背上有红色的光泽,黑色的斑纹,雄雀的头上有一撮毛。它们的叫声比较柔和。

它们喜欢一对一对行动,并不成群。

它们叫着、啄着、寻找着,也时时互相依偎着,流露着鹁鸪似的情爱。中国的麻雀比它们浮躁。

麻雀是从来不走路的，它们跳跃前进。可是，今天我看见一只麻雀用它的一只脚撑住身体，另一只脚向前伸去，两个动作紧紧地连在一起，那是一步。

我仔细观察，它又向前迈了两步，我认为那是两步。

然后它跳跃，再向前走两步，或者三步。它飞了——它究竟是走了几步？按照家乡古老的传说，世上只有一个人看见过麻雀走步，关云长。一只麻雀在他面前走了八步，暗示他有八年的好运。以后，他在事业巅峰维持了八年。

这些小鸟也许并不是麻雀，也许是麻雀移民以后的变种，我的感想忽然乱了，坐在公园里，好像染上了拉丁人的悠闲，其实我是恍惚得站不起来。

乱邦孤雏

31

我们先到哥伦比亚,由巴兰基亚港入境。不料我的签证小有瑕疵,被移民局驻机场的官员看破。我们驻当地的人员虽然年轻,却甚干练,他三言两语就解决了问题。移民官同意我到波哥大再补办手续。

波哥大是哥伦比亚的京都,我们到机场餐厅休息,等候班机,移民局官还陪着我们聊天。不久,移民官起身去接电话,回来哭丧着脸。原来他的上司已经得到小报告,知道有一个中国人的签证手续不全。这个上司推翻下属的决定,表示要亲自问话。机场的移民官觉得大失面子,对我们说他的上司是到任未久的新官，正在找每个单位的麻烦。年轻的驻当地人员也说，他和那位新官的关系还没有建立起来，目前只好公事公办。

由机场到市区颇有一段距离，汽车究竟走了多久，我没有看表，下车后抬眼一看，办公厅的外貌倒是平易近人，不像个有权势的地方，新官的形象近似西部片里的墨西哥人，表情还算和善，一句话也没问，打开我的护照，拿起橡皮图章来敲了一下。他只是要在别人——尤其是他的部下——面前建立自己的权威。掌握权力的人都读同一本手册，即使是天国，圣子擅自决定的事情，圣父也会推翻，我坦然接受，不放在心上。

走完这个"过场"，天色已暮，错过了当天的最后一班飞往波哥大的班机，只好在巴兰基亚住一夜旅馆。这一耽搁也增加了不少见闻：听说哥伦比亚政府要表现自尊心，对外来行人盘查从严，前几天有两个美国佬没有签证就想入境，当天就进了拘留所，因为移民局怀疑这两个美国人蔑视哥伦比亚。他们对中国旅客的看法也渐渐有了成见，总以为中国人来了以后可能赖着不走，变成哥伦比亚的非法人口。我若不是有"贵人"照料，八成得回到飞机上去找另一处海水。

32

在巴兰基亚机场餐厅里听到了一句话："你们来到世界治安最坏的地方。"来接飞机的朋友举起双手，让我们看清楚他们都把手表戴在右腕上，跟一般人用左腕佩表的习惯不同。为什么？"因为我们都要驾车，手握驾驶盘的时候，左手靠近车窗。此地气候温暖，车窗常开，当车子在红灯前停下来的时候，随时可能有人隔着窗子抢表。"

巴兰基亚的气温比圣阿塞要高得多。我本来希望能当天赶到波哥大，行动的节奏又快了一些，浑身颇有汗意。我的行李随着机场的例行作业先到波哥大去了，没有内衣可以替换，就央求朋友带着我去买一套汗衫短裤。

依照当地的情况来说,我这个要求很不合理,可是我哪儿知道?朋友踌躇了一下,还是答应了。驱车进入所谓闹市,见路灯亮了,商店里的灯反而灭了,一种衰败和机阠之象笼罩全市,大街上既少车辆,又无行人,只见三两醉汉在百货公司门前的水泥地上铺垫报纸,和衣而卧。好不容易发现一家百货店刚刚放下防盗的铁栅门,门内灯火依旧,连忙上前交涉。店员不敢做主,请来经理,经理问明汗衫短裤的尺码,从铁栅栏的格子塞出来,然后马上关好铁栅栏的保险门,归于死寂。

我总算看到了哥伦比亚的(至少是巴兰基亚的)治安。后来得知,我能够在"敏感时间"买到东西,多半因为我是中国人,哥伦比亚还没有中国人做强盗的记录。不过且慢!以人口比例而论,中国人挨偷挨抢的机会却是最多的,歹徒"喜欢"中国人!中国人挨抢的时候多半不抵抗,事后多半不报案,即使警察主动侦办,事主也多半不合作,总之,祖传的"苟全性命于乱世"的哲学!

当地的朋友引用《论语》"危邦不入,乱邦不居",他说台湾是危地,哥伦比亚是乱邦,你出危地,入乱邦,来去要小心了!

33

旅馆够大,够干净,够贵,只是不够亲切。我的房间在三楼,整层楼的房间都空着,好像没有第二个住客。旅馆侍者对我这个没有行李的单身旅客,也颇有"观察研究"的神色。

为了表示对这家大旅社的"讨厌",我一大早就喊着服务生结账,肩膀上挂着随身袋潇潇洒洒地出门。"漫步"了一个小时之后,看见一家小饭店开门营业,招牌上有两个中国字,我断定这是中国人开的店,也只有中国人肯做这种"早起的鸟儿"。店内是西式的咖啡座,菜单上除了三明治之外,还有春卷。

果然,柜台里面两个中国人,一男一女,我猜他们是夫妻，而且是中年的患难夫妻。没有什么根据，只是猜。我坐在柜台旁边的高脚凳子上，跟他们面对面，叫了春卷。女掌柜的极瘦，瘦得像得了很重的肺病，她这个模样大概会吓跑许多顾客。我知道她没有肺病，她的病，咱们叫水土不服，诗人叫怀乡病，所以我不跑，放心吃着春卷。男掌柜的有一头浓密的黑发，头发是真的，颜色是假的，他染了头发，挺着胸膛，满有士气。我想他这副模样可以拉住许多顾客。到底吓跑了多少，拉住了多少，难猜。

我咬了一口春卷，留了满嘴的浆糊。我说："老板，这春卷是哪省的做法？"他带着歉意："本地人爱吃，只好这么做。拿出来招待中国人嘛，当然让您见笑了。"话匣子一打开，我们很谈了一阵子，他们的确是夫妻档，太太也的确"水土不服"，而且好像是永远也"服"不了的样子。我问他为什么跑到这里开店，他说："可笑得很，当初到国外来，是觉得这样旅行比较方便，想到哪一国就到哪一国，谁知道我们在巴兰基亚一住五年，连波哥大都没去过。

为什么？要赚钱，没有钱，住在哪也是寸步难行。"

我问这儿的生意好不好做，成本和利率的比例大概是多少。他摇摇头："成本很难说。就拿水电费来说吧，这里的水电费是没有账单的，你一个月该交多少，全凭收费的人随口说个数目，他有时候狮子大开口，很不合理，你得贿赂他，让他把数目改小一点。所以，成本是事先无法计算的。"

吃完早点，我要求老板替我租一辆车，他和他太太都睁大了眼睛。他的太太人瘦，眼睛特别大。他问："你没有朋友？"我说有，今天不想再麻烦他。"不行，你非麻烦他不可，打电话叫他来送你到机场，出外靠朋友嘛！上个月，有个女的雇了车，司机半路上抢她的结婚戒指，女的倒没反抗，可是她这个戒指戴了十几年，手指头变粗了，怎么也取不下来了。你猜司机怎么办？他拿出一把刀，剁断了她好几根指头！那女的还是他们哥伦比亚人呢！"

这回轮到我睁大眼睛。

告辞出门时，我又望了望他太太的大眼睛，他满头的黑发，暗想如果他秃了顶，生意就更难做了。希望他在秃顶以前能筹足环游世界的费用！

34

从巴兰基亚暗淡的市容走出来。到了波哥大，眼底为之一亮，精神为之一爽。波哥大不但气候清凉，建筑物也美轮美奂，确有首善之区的水准与气概，有人译为"博高大"，相当契合。访问团中有一位建筑师，他特别带我们去看住宅区，一排一排西班牙风格的小洋房，非常安静，非常清洁，虽是西式建筑，也使我觉得这才是家，有家真好。建筑师说，波哥大的建筑经过严格规划，你如果在这条街上盖房子，新房子旧房子的风格必须很调和，可是你的新房子也不能和别人的房子完全一样，这就是艺术上的要求，变化与统一。至于清洁，他说因为海拔高，灰尘少，也没有严重的工业污染，加上这些欧洲移民的后代有良好的生活习惯，令人称羡。

波哥大号称"美洲雅典",你在观光手册之类的书中早已读到。观光手册给我们的感觉是天下无一处不好,波哥大的五星旅馆优点很多,观光手册并没有写全。除此以外,那就未必和不然。

波哥大有很多小偷,是"世界上小偷最多的地方"。"小偷"名副其实,都是十来岁的孩子。这里两性关系开放,鼓动同居,而又教律谨严,禁止节育,多少任性的男女生下孩子,听其自然,于是街头充斥所谓的"自然儿童"。有人招收这种儿童,加以组织训练,使之成为"优秀的"小偷。训练期满、成绩及格的小偷可以得到一张证书,凭此证书可以在全国各地甚至到邻国去"创业"。游人到了波哥大,最好离当地孩子远一点儿,别让他们近身。这是观光手册上没有的。

在这"浊世"之中,我们的旅馆是一片净土。走廊和玻璃窗都擦得发亮,十年来只发生过一次窃案——据说,事实真相是连一次窃案也没有。倘若实话实说,反而无人相信,宣传部门只好捏造一次,以广招徕。这大概也是你在观光手册里看不到的吧。

35

说到旅馆，访问团为了安全，约定要住高级旅馆，要全体住在同一家旅馆，为了节省开支，最好两人同住一个房间。访问团中有一位王牌画家——顺便穿插一句：这种访问团里头一定要有王牌，也不能有太多的王牌，没有王牌，不能引人注意；王牌太多，不能和谐团结。我们这位王牌画得比人家好，年过五十犹是单身，这两个因素养成他的怪癖，也支持他的怪癖。到了投宿的时候问题来了，这些寻常鸡兔，谁肯和刺猬关进同一只笼子？

可是，有！一个同行的画家，比较年轻，他愿意，不但欣然搬进房间，而且处处附和王牌画家其他的行动。我们都得到通知，乡下和郊区常有革命的游击队出没，即使在波哥大市内，警察也有权随时随地对行人搜身拘捕，我们只宜从旅馆出发，坐在预订的游览车上，沿一定的路线，到一定的景点。入国问禁，我们都说"好"，王牌画家独持异议。

他认为到南美洲采风，就要看它的特色，它的特色大街上少，小巷里多，城市里少，乡镇里多，进步的地方少，落后的地方多。访问团规划的节目他大半缺席，一大早拎起随身包，挂着摄像机，前往我们不敢去的地方，吃我们不敢吃的东西，那位年轻的画家紧紧跟在后面，就像桑科追随堂吉诃德一样。我曾看见他俩站在路边吃小摊上出售的玉米饼，当地特有的食物，也不怕制作的过程肮脏，反而讥笑我们缩在旅馆里吃那千篇一律味同嚼蜡的西餐。他们消费的方式需要把美金换成当地的比索，我们的大画家汹汹然闯进银行，银行警卫的第一印象以为他们是抢匪，拔出手枪。他们也真的遇见了抢匪，大画家早有准备，上衣口袋里放一沓小额的比索，看起来是一笔钱，其实数目有限，这位抢匪也并无大志，只要眼前有一顿豪饮大嚼，就知足常乐了。

回想起来，这位年轻的画家有智慧，他这样紧紧随侍一位大画家左右,一定可以学到书本上没有的东西,那位大画家若非到了天涯海角,也决不容许别人跟他如此接近。这一趟中南美之旅,若论谁的收获最多,恐怕要推这位年轻人。谁的收获最少?毫无疑问,是我,我情绪低落,自己住单人房间,关起门来想自己的心事。

36

我们常说"黄金万两",此次到波哥大观光,亲眼见到了"黄金万两"的景象。参观黄金博物馆,馆内的陈列品全是金器、金饰、金制的工艺品,一共三万四千多件。

原来古代的印第安人长于炼金,不但用黄金铸造器物,还能把黄金炼得像纸一样薄,像头发一样细,制作各式各样的手工艺品。几千年的累积,成品数量难以想象,虽经西班牙人无情的掠夺搜刮,还是有个余数,成为波哥大的黄金博物馆的馆藏。

黄金博物馆把整面墙镶上玻璃,透过玻璃看平贴在墙面上的方圆之物,不知名,不知用,只知道那是黄金。西班牙人说南美的印第安人"满身都是黄金",博物馆里确有一件金饰,自头顶、前额,经过脖子,前胸,发展到手臂手指,许多小饰物附在披麻也似的金链上,宛如一件金缕衣。二楼密室,铜墙铁壁,一座特制的保险箱,铁门比砖头还厚,室内室外都有武装的警卫。每次限二十人入内,铁门缓缓关闭,屋子里一团漆黑,然后音乐悠扬,灯光一如破晓,但见四壁都是玻璃橱,下面堆满了成块的黄金,上面挂满了成串的黄金,黄金黄金黄金,层层叠叠,十分钟目眩神迷,万虑皆消。这是一连串参观节目的最高潮,馆外光天化日,神志清醒,想到秦皇汉武唐宗宋祖,谁也没见过这么多黄金。想到四乡的游击队不会忘记这些黄金。想到现在哥伦比亚的印第安人百分之九十已被白人同化,百分之一的"纯裔"遁居崇山之中,成了民俗家的研究标本,他们恐怕连一两黄金也没有,恐怕连到博物馆里看看黄金的能力也丧失了。

黄金博物馆里不止有黄金,还陈列了很多陶器、石雕、玉件,纪元前的遗物,连残毁的碎片也留着。金陶石玉,上面有人像,也有飞禽走兽,古人的技术还没有成熟,许多东西到他们手中都走了样变了形。今天的画家正要摆脱形似,超乎象外,原始的工匠反而成了先进。他们进黄金博物馆如进教室,可能没看见金,也没看见玉,更没看见历史兴亡,全神贯注地看线条构图,别有会心。

37

西班牙式的广场是很漂亮的,铺着方砖,围着象征性的栏杆,四周有古色古香的灯柱。最外面是一层色泽雅洁、线条丰富的楼宇,屏风似的,画廊似的,等待前来逗留欣赏的人。

多么漂亮的背景啊,我得在这里留下一张照片。一个蓬头赤足的小童跑来站在我的左侧。另一个孩子看出我没有意思赶走他们,就挨近了,站在我的右边。这一共不过是几秒钟的工夫。

等我觉察有人愿意陪照的时候,我背后又增加了三四个,我想用硬币赶走他们,引得在广场的角落里观望的孩子都跑过来了。肮脏的小手举得很高。也不过又是几秒钟,我周围都是这样的小手了,有几双小手在扯我的衣服,那隔得远的一些小手就不停地挥动,配合着跳跃和喊叫。我是陷入了重重的包围,不能脱身了。眼底全是孩子,全是十岁左右的孩子。他们全都高高地举着小手,都活泼、精明、肮脏,挤成一团、嚷成一团。也不过又是几秒钟工夫,我突然听见一声尖锐的哨声,压倒了孩子们的叫嚷。突然,我的眼底,一切骚动静止。孩子们急忙转身,满地乌溜闪耀的眼睛不见了。风卷着他们的背影,像收拾落叶一般把他们带出广场。

我转身看见一个身材魁梧的警察。

我看见了哥伦比亚闻名于世的"自然儿童"!可是,我没来得及细看!

不久以前，美国摄影记者在这个广场里临时"雇用"了几百个孩子，组成画面，登在著名的新闻杂志上。这张照片在哥伦比亚的国会里引起风波，议员愤慨地说，自然儿童是哥伦比亚的国耻。但是，政府能做什么呢？不过是派警察到广场上来吹吹哨子。

我应该感谢那位警察吗？他来解了我的围，可是，我总以为他最好别来，或者晚一会儿再来，那样我就可以看清楚，到底那群孩子里面有没有中国人的后代！

我以为有，一个或者两个，当我的视线和他的视线碰触时，我们的眼球都震颤过。可是我没能仔细再看。

也许没有，也许那两个可疑的孩子体内印第安血液多了一些，而印第安人的那份血里面，中国人的血又偏多。印第安人也是黑头发、黑眼珠，他们相信自己来自亚洲，跟中国人同一个祖先。我怀着满腹狐疑地问我的朋友："有，还是没有？"

"有！"这一个字真是沉重！"此地的公立学校

太不像话了，班上有四十个学生，教室里却往往只有三十个座位，因为学校当局预估有十名学生逃学，把买桌子凳子的钱省下来了！老师们标榜尊重学童的个性，其实是偷懒。中国孩子进了这样的学校，即使是孟子也成不了亚圣！"

"我们中国人一向最重视子女教育！"我抗议。

"不错，可是人会随环境改变，有些太太，在中国也许会做贤妻良母，来到波哥大看看人家哥伦比亚的女人多轻松，同样是女人，我为什么要让传统压得这么重？为什么不能省点力气？这么一转念间，下面的发展就不同了。"

答复是一声轻轻的叹息。

这个问题使我心乱，以下一连参观了几座大教堂，我都心不在焉。

38

我辞谢了昨晚的应酬，早早上床安歇，今天精神饱满,又觉得旅行到底是乐事。

今天第一个节目是参观利用盐矿挖成的一座教堂,号称天主教世界第七大奇观之一。这座盐矿在波哥大近郊,盐块已经结晶了,可以就地取材经营殿堂梁柱,以及祭坛、阶梯、桌椅、十字架等。当年发现盐矿的,是印第安人,后来对盐矿进行勘察、测量、挖掘、利用的,是白人。整座大教堂包括几个小教堂,外形活像一个巨大的防空洞。里面自然很黑,但是并非伸手不见五指,阶、柱、雕像仍然模糊可辨,祭坛之前和十字架正面则隐隐有祥光瑞霭,引人崇拜,可以说教堂内部的光线是经过设计的。人走进了这么大的黑窟窿里,不免彷徨无依,对笼罩在金色光芒里的十字架起了仰望依靠之情。如果这是设计者的本意,我想他的心血并没有白费。

离大教堂入口不远的墙上,有一个神龛,供奉着圣母像,大约是彩色瓷砖烧成的吧,是大教堂唯一彩色的部分。慈祥的圣母,怀抱着天真的圣子,沉吟地望着下界。我由圣母联想到昨天在博物馆里看见的一件雕塑,全裸的母亲,以一身遮蔽着全裸的孩子,母亲跪着,伏着,环抱着,像子宫一样围绕着孩子,完全忘了自己。由圣母像到雕塑,由古典到现在,母爱的主题一直未变。

可是我联想到自然儿童。

我联想到哥斯达黎加的酒徒,瓜地马拉的狙击手,美国少年的犯罪和都市治安。

我联想到那个阿根廷人在飞机上说的:"没有好地方!这个世界上没有好地方!"

于是我想到一个问题,很想知道我的朋友怎么说。"依你看,宗教在今天还有多大力量?能不能匡正世风?能不能使人心免疫、使社会健康?"

朋友反问:"你要我说实话?"我说当然。"你别忘了这是教堂,这个问题不能在教堂里谈。"

我没有再问,我想,他已经回答了我。

39

这几天第二个节目是去看一座湖和一座新村。湖是淡淡的蓝,天也是低低的蓝,看见湖,就像看见天一样。虽说是看湖,人们的吸引力都被村子吸引住,到了村子又疑惑究竟是不是村子。

为了看新村,车子由波哥大出发,飞驰了两个小时。一路上牛羊沃野,竹篱茅舍,路旁出现了一栋新款式的屋子,窗户被成丛成团的红色掩着,还以为是个餐厅呢。越过这栋房屋,眼前一片广场,广场中央高耸着灯柱,广场的边沿随着地势砌成一级一级阶梯,通往低处,下面是第二个广场,一片玉色。用灰色的宽阔线条分成许多方格。这两个相连的广场有一种吞没全村的气势,广场边沿的几排房子反而成了无关紧要的东西。

房子盖得不错,考究得叫人心痒。但是没看见人家,没有老人、小孩、鸡犬。除了几个卖土产的货摊,没有生活的痕迹。单看房子,像个高雅的招待所,单看广场,像是个学校或者神庙。这两样东西怎么也合不成一个村庄。如果有人住在这里,他怎么送孩子上学?他生了病到哪里去找医生?他要不要买菜?顶要紧的是,他在哪里工作?如果他就在附近种田,能在这个一尘不染的村子里养牛吗?能在广场上搭个谷仓吗?如果他们用拖拉机,那个"嘟嘟嘟"地滴着油渍的东西从哪条路开出去?又从哪条路开进来?简直不可想象!

然而据说,这个新村正是一个农村的替身。村子本来在大湖的另一边,政府兴修水利工程,使全村淹没水中,转地另建新村,辅导全村的居民搬家。可是他们搬到哪里去了?到这个恍如仙境的新村不食人间烟火吗?

这个地方最大的用处恐怕是让学建筑的人来观摩它的设计,据说它在这方面确有独到之处。美国国务卿基辛格也来看过,不知他从哪个角度着眼。

另一个用处我想该是供人拍照取景,几乎任何一个角度都能构成很好的画面。这里色彩调和,线条丰富,房屋造型脱俗,何况上有蓝天白云,旁有青山绿水。

40

在哥伦比亚的最后一个节目是买土特产。一个朋友说过,人的记忆力负担不了多少东西,得靠纪念品撑着。哥伦比亚的名产是绿宝石,我们在博物馆里看见一个"大样",标明重量一千七百克拉,堪称人间异珍之一。首饰店里,绿豆大一粒绿玉镶在戒指上,也卖百元美金。当然,到别的国家去买绿宝石可能更贵,观光客大都是这个想法,所以,若非旅费特别"羞涩",少不了有这么一笔支出。黄金博物馆里陈列的金饰,首饰店里有复制品出售,销路最好的是一种项圈,前面挂着一只青蛙,女人带上这个项圈以后,青蛙就伏在脖子下面,颇为"肉感"。据说青蛙是印第安人的幸福之神,印第安人倒霉之后，它们失去了凭依，成堆成串的待在首饰店里等待新主人。金饰有 K 金的，也有镀金的，镀金比 K 金便宜。游伴中有人说，镀金的首饰不久要褪色，真金的首饰难免被抢，到头来都是一场空，所以他一律不买。绿宝石之外，也有一种很便宜的石头，一美元一个，呈肉红色，那质地和纹理，恐怕是别处没有的，有人专买这种"粉红宝石"，"反正物离乡贵，回国后总比千里鹅毛贵重得多"。

毛毯也是哥伦比亚的特产。有一种毛毯，中间留了一个洞，套在头上当外衣穿，名曰"安娜装"，也不知道这位安娜是何许人。我倒听说早年家乡遭土匪洗劫，土匪见了人就剥衣服，弄得男男女女赤身露体，只好在棉被中间挖个洞，套在脖子上见人。"安娜装"就是这个样子。它是地道的懒人装，大概毛料不坏，买的人也很多。

最后消息：有人想在波哥大摄影留念，自己选好背景、角度、距离，请一位路人代为按下快门。这本是单身旅客常干的事，来到波哥大却行不通，那位受人之托的仁兄接过相机来就跑,转眼间无影无踪。当地朋友赶快把这个消息通知我们,并且说:"这个常识,你们到了秘鲁也用得着。"

今古沉浮

41

高空飞行,一路上和云有缘。由哥伦比亚到秘鲁,又看见漫天奇云。天还是那么辽阔,云的造型却有变化。

起初,第一段路程,云像一匹一匹的巨兽,蹲着,站着,奔跑着。有的仰起头,张开嘴,竖着鬃毛,似是经过千山万水飞奔而至,喘息未定,脚下踢起的烟尘未息。有的凝成了羊脂玉色的化石,四只脚固定在石座上,但是眼瞪着,脖子挺着,虎虎的生气仍在,随时可以跳起来,扑它个山崩地裂。飞机就从这些怪兽旁边悄悄地走过去,走过去……

第二段路程,云变成山了,飞机傍着它们飞,犹如燕子在一层层悬崖下擦过。世上只有崇山峻岭才有那样庞大的体积,也不知道哪位赫赫巨灵把泰山华山搬过来,摆在航道旁边,又磨去了它的棱角,滤去了它的杂质,使山也脱胎换骨,羽化成仙。名山的气魄仍在,增加了几分温柔。恨不得飞机能绕开它们飞,恨不得飞机能停,舱门能打开。

第三段路程,云不再那么认真,任意展示一些"无可名状之形"。一会儿是几尊人像,身体藏在臃肿的太空装里,两臂张开,步履蹒跚,四处张望寻找地球。一会儿是几棵大树,枝上结满了冰花,它荫庇我们的飞机如等待一只归鸟。一会儿是一朵一朵的菇,是原子弹炸出来的蕈,幸而它们洁白如蜡,松软如雪,否则,真有人要疑心核子战争突然爆发,孤雏无巢,流浪人无家。还有一些云块,你确实叫不出它的名字,也许是盘古用他的鬼斧神工偶然砍着玩的杰作吧!

隔着机窗那一小方玻璃,我自恨不是李贺或李白,也恨手里的照相机不争气,拍了一卷底片,冲出来空空如也,竟带不走一片浮云。

42

我们在秘鲁的京城利马着陆,下飞机,入市区,一家小学正在放学,萝卜头一样的孩子满街滚,有些是印第安人加白人,有些是印第安人加黑人,如果黑得淡一些,隐隐泛出黄来,那就很像是中国炎炎长夏晒黑了的赤足牧童了。印第安人本来是黄皮肤,喜欢把自己染红了,别人才以为他们是红人。

我站在路边看人种的混合。从前读小学、做萝卜头的时候,教科书上写着:当心呀,四万万同胞,不要像南美洲的印第安人,亡了国也灭了种。那时候并不懂这句话的意思。如今由北美到南美,一路看印第安人的遗迹,如同亲历了一场兴灭继绝,对眼前的这些孩子看了又看,同情得不得了,疼爱得不得了。这些孩子长大了,怎样读美洲的历史呢?他们回到家里,他们的父母又怎样述说自己的历史呢?

有些孩子朝我们嬉笑,故意压低嗓音:"Mo!

Mo！"毛泽东，意思是中国人。访问团中有人回应："No！ no！"意思是我们不是共产党。我想起，哥斯达黎加，旅馆的老板怎么说：寄信回台湾，地址要写Formosa。这是我们最不愿意使用的名称，可是他警告，邮局按地址分信，先看最后一个字，他看见China，会把这封信送到上海，他看见ROC，会把这封信送到智利。他们并不知道世界上还有一个台湾。前后两段话合起来，这才发觉台湾的空间何其狭小！

回到现实；他们为什么要回家？现在并不是放学的时候。那么，放假？不对，如果今天放假，他们怎会到学校里来？一定是，学校临时有特别的理由提早打发他们离开。一定是学校要把负不起来的责任，抛掷给每个学童的家庭。这么想着，车子过了十几条街，遇上另一股人流，同样满地滚滚的萝卜头儿，同样是由战胜者和战败者混合成的新人种。这时我们知道了，街头将有群众示威和暴动，所有的学校都命令学生立刻回家。

怎么这里也有暴动？为什么？

接着，街头处出现了镇暴警察，三三两两，人数不多，小规模的巡逻。"镇暴警察"是近年来新闻报道中时常出现的词汇之一，大名如雷贯耳，可是从未见过，今日有幸相逢。我觉得他们活像出来救火的消防队员，主要的差别是他们拿警棍，不拿水龙。硬盔、厚衣、长靴，不碎塑胶做成的面罩，密密层层准备抵挡群众的怒气。他们都是精选的壮士，个个高大、勇敢、沉着、服从，披挂整齐之后有些蹒跚、迟钝，然而又坚硬沉实如花岗岩。他们走得很慢，几乎不能跑步，设计这套装备的人把他们打扮成装甲的步兵，预期他们做中流砥柱，面对激湍迎受冲击而不逃避。他们的车也装甲，据说还可以通上高压电，必要时冲入百万人群，把铁板切割成碎片。

上帝！但愿用不着他们上阵。我很想仔细看看他们，但是，我怕他们因而仔细看我。

43

今天游览的日程是坐在游览车上看四座博物馆，三座教堂，看利马的主要街道，游现代购物中心，到郊区吃著名的炸鸡等。节目太紧凑，我的精神不济，难免有时视而不见，听而不闻。我听说有些人退休之后出国观光，黎明即起，跟在导游后面跟跟跄跄。每到一个地方，导游说"下车，下车"，他连忙睁开眼下车拍照，导游说"上车，上车"，他上了车就呼呼睡大觉。我今天几乎也成了这样的观光客。

今天所见，仍然以印第安人的遗迹最值得看。在印第安人的诸般遗物之中，仍以黄金最动人心。这里也有一座黄金博物馆，另一座历史文物博物馆里也有许多金器。到底印第安人有多少金子，谁也说不清楚。当年西班牙人入侵印第安人建立的印加王国，生擒了他们的国王，扬言如果印第安人能用黄金填满囚室，可以将国王赎回。于是方圆千里的印第安部落都向利马送黄金,而黄金满屋之日,也就是国王遇害之时。国王已死,四方献金赎命的还在日夜兼程赶进,噩耗传来,押运黄金的人异常悲愤,他们把金子丢进河里,把金子埋进山里,据估计,没有"出土"的金子比已经发现的要多,而且已经发现的金子,运往欧洲的比留在秘鲁的要多。虽然如此,我看金子也看厌了,有"满桌子都是红烧肉"的感觉。黄金多到令人生厌,也是人生难得的一个经验。

印第安人另一个重要的文化遗产是陶器。四千年前到两千年前的陶器,现在还保存了不少,其中最有价值的可能是人像。由神到人,由国王、将军到庶民、士兵。那些人像的容貌神情都很朴实,有几尊神像很凶恶,也只是塑像的人希望塑出凶恶来。镇压恶人,你只有比恶人更凶恶才行。看样子印第安人对"凶恶"的体会和想象有限,他们也缺少穷凶极恶的模特儿,他们也不知道人的恶性到底有多深多大。如果这些形象多多少少能反映当年印第安人的性格、性情,他们或者因此缺乏远见,没有谋略,以致国祚不永。

在博物馆看见了印第安人的"结绳"。中国人都听说过"上古结绳记事",结绳记事的方法并没有流传下来,"有了大事,在绳上打一个大结,小事再打一个小结",这个说法不可靠,行不通。印加王朝的"结绳"是一束细绳以辐射的形状散开钉在一块木板上,每根绳子上有结,大部分绳结的位置不同。据专家说绳结与绳结的位置关系代表数目字,近似中国的算盘,这说法比较可信。大概大事小事都不难记,顶难记的是数目字,有了"结绳"的帮助,印加王朝才建立了精密的户籍。

此外,博物馆里有印第安人的编织、毛毯、天文、壁画、独木舟,可以说搜罗宏富,巨细靡遗,可是看来看去总觉得少了一样东西,我没看见武器!连一片断剑折戟都没有。问向导,向导答不上来。回到旅馆里打电话四处请教,答案是印加王朝不会打铁,没有留下铁制的东西。一个民族只有黄金,没有钢铁,处境当然危险,黄金越多,危险的程度越大。结果,西班牙人里面走投无路的赌棍,招聚了几百个亡命之徒,携带"新式"火器,到南美洲来冒险,砸破了印加王朝的大门,也煽动了西班牙人的残忍和贪婪之心,结果造成我们今天看见的秘鲁。

离馆,登游览车,导游带我们到茶馆小憩,不进店门,外面凉棚底下有座。时近中午,导游让我们看太阳,手掌遮阳朝天转了一圈,太阳在北方,我们在赤道之南了。导游还在研究所读书,工作认真,知道怎样使游人留下深刻的印象,记得秘鲁,也记得她。小时候乱翻书,见过一句"南方有北户之民",到了最南方,房屋的门窗开在北边,这才是向阳门第。古人凭想象写出这句话来,他该是个文学家。

44

上午拜访文化局,会客室里挂着"中国历代帝王世系表",久违了!中国字。他们把它当做一件文物装饰,并不计较它的内容。

拜访秘鲁国际笔会的会长,他客厅里挂着一幅

"万寿无疆"的立轴,也是文物装饰。久违了!中国书法,有些感动。

午间的应酬十分无聊。主人是秘鲁文化界的名流,地点在他的别墅,一个黄澄澄的饭团,一块排骨,几片酸中带咸的青菜。可口可乐倒是尽管喝,风景尽管看。别墅建在丘陵上,门前的草坪向前延伸,到了边沿,峭壁似的垂直下降,下面有树林、村落、高速公路,居高临下,油然而生一种优越感。

坦白地说,我没有吃饱。好在事先得到警告,得知"外国人请客的饭菜多半比他们自己平时吃的饭菜更坏",事先饱餐一顿,有备而来。别墅的景色确乎不错,草坪绿得可以挤出汁来,旁有小溪、小桥,细碎的黄花红花砌满溪边。这片草坪和别家的花草相接,别家的花草映托着别人的房屋。站在别墅门外向前展望,天特别蓝,云特别白,画家在这里支开画架,俯瞰利马,眺望山峰,动手写生。

绵延在天光下的山峰,恐怕让水彩画家为难。山上全是灰色的土块,颜色形状都像水泥,也像水泥一样干燥，寸草不生，腐烂的尸体一样丑。利马几乎整年不下雨，世上有数的不雨之城，山上的岩石都风化了。没有雨，夜间有露，早晨有雾，地上这才有树有草。大自然遗弃了的大山，和富人加意照料下的小山，遥遥相对。身处其间，心中一直想怎么能跑到对面山上去朝着这边看看！

有一座死山朝着我们伸过一条腿来，灰色的斜坡上布满了浅黄色的方格，有些格子里徐徐地冒出白烟。我猜了半天，实在猜不出它是什么东西。

"怎么，你不知道？那就是利马有名的贫民窟啊！"

我悚然一惊："难道一个方格子就是一个家庭吗？他们为什么没有屋顶？"

"利马整年不下雨，没有屋顶也可以住啊！"

老天爷！这才是名副其实的"家徒四壁"！

"我想去看看。"

"那么你回来的时候，大概照相机没有了，西装上衣也没有了。"

45

由别墅回旅馆,途中经过一座教堂,据说讲建筑的书上有它的名字。

这座古老的教堂,是蘸着印第安人的血汗眼泪建造的。当年某些西班牙人心狠手辣,常常屠杀印第安人。印第安人主要的粮食是橡子,西班牙人到处砍伐橡树,或者到处采集橡子喂猪,让很多印第安人活活饿死。教会是同情弱者的,他们给印第安人治病,雇用印第安人盖教堂,帮助他们活下去。走进教堂,心里记挂的是印第安人的冤魂未必都得到安息,竟有些毛骨悚然。

教堂当然劝印第安人信教。秘鲁的印第安人本来信奉太阳神,可是印加王朝失败,他们的神也失败了(或者他们的神先失败,印加王朝才失败了)。胜利者的神应该比较灵验,痛苦的印第安人,以及他们所生的混血儿,常常老远望着教堂下跪,膝行而前，磨破了的膝盖在教堂门前留下蜿蜒的血痕。但是，后来的信徒不肯这样做了。有人希望维持这种高度的虔诚的象征，花钱雇人到教堂门外表演。演员当然爱惜自己的身体，暗暗在裤子里头缝一块牛皮，因此，教堂门前再也没有血迹了。为了弥补这个缺陷，据说，有人偷偷"画"上假血……这是很久很久以前的传说，它早已死了，但是，观光事业能使许多传说复活，所以，我又听到了。

教堂仍然是那么美，美得令人想跪。

走在路上，忽然听见刘文正的歌。

46

我寄住在一栋小洋房的三楼，主人每天开着车子去上班，整栋房子里除了我，就是一个在本地聘雇的女管家。从三楼的后窗看到不远处也有许多土黄色的方框框，跟郊外山麓上的图案一模一样。起初，我以为那是一片尚未完工的住宅区，后来仔细分析，认为新建住宅区的墙必定线条笔直，棱角方正，下半截水泥墙和上半截木墙是两种颜色，跟现在我所看到的东西不同。我想，这里也许有一个贫民窟。

画家爱看自然，而我比较注意人间。对我来说，印加王朝宫殿废墟也许还不及贫民窟重要，虽然有人劝我不要出门，虽然有人告诉我贫民曾经剥下了游客的西装，我还是决意前往一探。

我出了门，绕到屋后，步行十分钟之后，路面和两旁的房屋开始露出年久失修的窘态，花和树越来越少，垃圾越堆越多。然后我到了一个完全不同的社区：全是土坯垒成的墙；全是一个连一个的四方形；全没有屋顶；全不需要窗户；所谓"门"，全是一个可供出入的缺口。这些"建筑"虽然完全敞着，里面的空气并不新鲜，那气味，使我回忆如何参观一座用大豆酿造酱油的工厂，以及如何凭嗅觉找到了一家专卖豆腐乳的商店。

所有的框框里面几乎都是空的，从百货公司门口捡来废弃的纸箱,拆开了铺在地上,不能算有床;用土坯在屋角垒一个高台,不算是桌子。我没发现灶台,没发现浴室,我也几乎没有发现主人。看见狗,看见老人低着头打盹儿,婴儿在他眼皮底下爬行,身旁有一摊便溺的痕迹,狗忙着舔婴儿的屁股。老人多,孩子多,狗多,贫民窟的特征,所有能够用愤怒的眼神看着我、能呵斥我交出钱来、能强迫我脱下西装的人一个也不在家!

所有能挣扎的人都要到利马市区去想办法生活。

所有(几乎所有)老弱都留在乡村,精壮流入都市。

所有(几乎所有)来到利马以后生出来的孩子都进了孤儿院。

这样的人口年年增加,所有的专家束手无策!

47

又是一窝蜂买土产。土产店一家连一家,十家二十家合成一个市场,大门敞开,柜台成排,顾客出出进进。贵的东西真贵,几百美元一件,便宜的东西也真便宜,十美元零零碎碎装满一口袋,"哗啦哗啦"很热闹。

我在出售土产的市场兜了一圈,发现所谓纪念品的特征是附有代表秘鲁的标志,通用的标志一个是太阳神,一个是羊驼。太阳神是印加王国的上帝,身材上下一般粗,圆眼方嘴,故作狰狞;羊驼也是秘鲁山上特有的动物,既像骆驼,又像山羊,当年印第安人没有马,就拿它当马用,果然是非牛非马。这两个形象,只有到过秘鲁的人,为了珍惜自己的八千里路云和月对它才有好感,买一两件也就够了。想太阳神当年何等神圣尊严,你如果伸手摸他一把,印第安人可能把你的头砍下来。现在太阳神头上顶着个圆圈儿,人人可以做他的主子,捏着他的身体开酱油瓶。这真是情何以堪——出售这种开瓶器的,却正是印第安人的后裔。

秘鲁的皮货很出名,大小皮衣轻软贴身,并且有很好闻的气味。羊驼皮做的帽子、围巾、毛衣,尤其是地毯,都很名贵。秘鲁政府为了保护羊驼,早已下令禁止这些东西出口,但是对旅客和土产店的交易并不干涉,可见保护云云只是具文。同游的人大多买一两件,都说不相信带不出海关。我到冬天一向怕冷,对羊驼皮确有好感,摸摸钱包,又终于决定节约下来。离开土特产市场我后悔了,心里直念晋人的一句话:人一生又能穿几双拖鞋?

回到旅馆,各人展示买来的纪念品,评说价值价格,这件真便宜,那件真便宜。有人冷冷地说:不买最便宜;有人很热心:买对了!总比被人家把钱抢去了要好。

48

市场旁边有一个很大的停车场,我们来时找不到空位,就把车子停在路旁。一个孩子立刻跑过来站在车子旁边,表示这辆车子由他看管。四周有许多等机会看守汽车的小孩,据说他们的确有用,你如果拒绝他们的服务,等你买完东西,走出市场,也许车窗车玻璃已毁,也许轮胎已经穿孔,当然,下手的也许就是他们。

我们取车的时候,一个孩子迎上来索取服务报酬,可是另外有两个孩子跑来争功,慷慨的车主站在车门旁打开钱包,给每人一个硬币。他犯了我在哥伦比亚犯过的错误,我们立刻被一群孩子围住了,他们像波哥大的孩子一样叫着、跳着,伸着肮脏的小手。这位车主英明果断,他把钱包里的硬币全倒在手心里,扬扬手,向停车场撒过去。刹那间孩子们全仰起脸,刹那间有一阵"钱雨""钱雹",敲打车顶和地面。刹那间,围解了,孩子们不见了,他们随着"钱雹"的落点散开,伏在地上,钻到车子底下去了。惨白的天光下,但见一排一排寂寞的车顶。我们慌忙上车,一溜烟逃走。

像哥伦比亚的波哥大一样,这里满街都是流浪的儿童。在天主教义的约束下,夫妻不能离婚,只好外遇；不能节育，只好滥生；教养有心无力，最后债多不愁。孩子也有学校，他们逃学。学校有经验，如果这一班预定招收五十个学生，只需添置三十个桌椅。这些孩子慢慢长大，到了服兵役的时候，只能当步兵，不准进海军；到了就业的时候，只能服贱役，不能担任骨干；到了结婚的时候，恐怕也是跟出身相同的人结合，生下出身相同的子女。

我想到政府。秘鲁独立超过150年了，铁杵磨绣针，总该让这个问题逐渐减轻，常言道为大于微，图难于易，总该有些方法步骤使出来。我想象一个长期的、稳定的、大有为的政府。

这样的国家，这样的人民，大学生是何等角色，如今竟为了公共汽车的月票涨价罢课示威，而且发展成暴行。最新消息，警察从一个学生身上搜出汽油弹来！想当年我们战时的流亡学校，教官以打骂管理学生。有一个同学回家哭诉，他的父亲说："只要他们教你读书，叫你坐着读，你就坐着读；叫你站着读，你就站着读；叫你跪着读，你就跪着读！"那位同学就乖乖地回到学校里来了。如今在秘鲁,全国人民简直是跪在地上求这些大学生好好的读书啊!这些学生知道不知道自己在做什么?

49

早晨发生了一件戏剧性的事情。一大早,有人到旅馆里来找我,我匆匆洗漱了,下楼会客。楼下大厅里站着一个中国人,穿大褂儿,拄一根手杖,垂着长长的胡子。他见了我,大步迎上来。

"你是?……"

"你看看我是谁!"他笑着,嗓门儿挺大。声音似乎以前听见过,只是这把胡子……我用想象剃掉他的胡子,拉平他脸上的皱纹,带着七分兴奋,三分冒险,叫出一个名字来。

他高兴极了:"好兄弟,亏你没有忘记!我站在这里一面等你一面打算,如果你叫不出名字来,我掉头就走;如果你叫得出名字来,马上到我家去喝酒!"

我们中午有约会，现在只能"马上"跟他到旅馆餐厅里喝咖啡。这是吃早点的时候，餐厅里上了六成座，刀叉无声，谈话的声音很低。我这位长了大胡子的老朋友不但脚步沉重，说起话来也像演讲，依然是在山东河南进茶馆的老习惯。

我迫不及待考证他的胡子。他说来秘鲁三十多年，做过各种工作，跟当地女子结了婚，现在子女独立了，老伴儿去世了，他也退休了，留起胡子替秘鲁人算命看相。他强调"秘鲁人"，秘鲁人信命，认为中国人算命的方法比印第安人流传下来的方法灵验。他说他不给中国人算命，"中国人的命已经定了，不用再算"。

谈到三十年前，我们在患难中的交情，谈到了二十年来彼此中断了联系，他认为过失在我："你们心眼小，总以为我们到了国外早晚成妖精，你们想跟我们划清界限。"他急忙又补充："这牢骚是对一般人而发，是多年积下来的牢骚，不是对你。"

谈到中国人在秘鲁的处境，他说还算不错，种族歧视和地域排斥当然有,他认为不必放在心上。"人是有圈子的,中国人没有圈子吗?山东人没有圈子吗?地位相同的人是一个圈子,利害相关的人又是一个圈子,圈子连圈子,圈子套圈子,人一生在别人的圈子里钻进钻出,钻累了再回到自己的圈子里休息!"他看得很透!

他又举了一例:"我有四个儿子,都在外头成了家。如果我对他们说,今天或明天晚上,有个王叔叔或者王伯伯来吃饭,你们都来认识认识,他们会来吗?他们八成不来。他们有他们的圈子,家人父子尚且如此,何况外国人?人家没有像西班牙人对付印第安人,已经很客气了!"

我们一直谈到餐厅里吃早饭的人走光了。老哥挺通达,胡子不是白白长出来的。仔细品味,他的话里也有很多辛酸。

50

利马有一座华侨公墓,很大,很出名,居停主人要去祭拜他的父母。我说我也去献花,顺便看看这座公墓什么样子。

从外面看,简直找不到公墓在哪里。因为公墓外面是一个花市,广场中尽是滚滚的人头和滚滚的花丛,连绵相接,好像新年期间锦身绣鳞的长龙舞罢未歇,犹在人群中蠕动。花市后面有一排栏杆,栏杆里头才是公墓,公墓里也是处处鲜花,走近了,才分辨出来。

花农在花市中摆设摊位,多半卖的是菊花。他们的菊花很肥,好像长了肉,颜色尤鲜艳,白黄粉红都有,中国诗人咏菊的句子全用不上。有一种花我从未见过,叶子狭长,裹住花朵,红色的花瓣卷得紧,从叶槽里往外冲,露出一个尖尖的嘴来。

我问这叫什么花,答曰"这是天堂之鸟"。这个名字取得巧,可不是?花的轮廓活像振翅奋飞时伸向前去的鸟头。我买了一束天堂之鸟,我们来此,就是为了悼念一个进入天堂的灵魂。

公墓围在铁栏杆里,大门顶上,栏杆最高处,立着吹号的天使。进入墓园,我首先看见一片细碎的小花像厚厚的地毯铺在地上,四周用清一色的小黄花镶边,"地毯"的一端卧着一个栩栩如生的人像,卧像之前是一组白色的花瓶,排列成花蕊和花瓣的图案,瓶里插满了亲友献上的鲜花。这座卧像就是,生者为死者在地上经营的一个小小的花圃。

跟卧像相邻,是一片绿油油的草坪,四周用五颜六色的小花瓶作了界墙,每一个花瓶里都注满了水,准备承受祭吊的鲜花。草坪中央摆着一具黑色大理石做成的石棺,棺身一半藏在土里,一半露出地面,棺身刻着《圣经》的经文。

就这样,一眼望去,一张广阔的百衲图案,用各种可爱的植物拼成,图案上陈列着哭泣的圣母、拯救的天使、祭台、十字架、摊开的新约,以及外人无法揣测的各种造型。这百衲图案上的每一方格,都有爱心和匠心,有纪念死者和安慰生者的各种设计。我们要祭的人,他的遗容正在阳光下温柔地注视着我们,一片红黄相间的小花欣欣盛开,他的领土四周围着精巧的白铜栏杆。我献上鲜花,随着居停主人默祷致敬。

然后,我几乎是以游园的心情走走看看。我看到有些老华侨葬在这里,"花县平山刘江定好之墓",毛笔字触目惊心。有个名叫"比嘉东喜"的也葬在这里,碑文说他一生仰慕中华。有一块碑文特别详细,大意说,死者的原籍在赤溪,赤溪之得名,是由于两族世仇,经常械斗,溪水都染红了。死者苦劝两族和好,无人听从,于是率家小远涉重洋,不问世事。天哪,我读到一则寓言。

一排用白色大理石砌成的庞然大物,好像公寓楼房缩小了比例,它分成许多方格,每一格都设计成窗形,每一个窗子都紧闭,里面藏着一坛骨灰。窗门上有各式各样的浮雕,如同画廊。窗口都堆满了花,花,花,这里是花的世界,人们用鲜花的姿采掩盖了死亡形成的单调,用白色大理石的反光驱走了死亡的阴沉。

我有点爱上这座公墓了。它如此清洁,如此有朝气。它是如此明亮美丽,使人觉得死者的灵魂的确到了天家。他们把公墓管理得那么好!走过大半,没看见一棵枯树,一株死花,没看见一个花瓶里没有水,一个人像断了手指或塌了鼻子。公墓是这样大,死者相当集中,一个人来悼念自己的亲人,可以顺便到朋友的墓前默念片刻。清明节带着孩子来认识祖先,孩子们会觉得祖先是一些和蔼可亲的人。这真是一个好地方!

51

长胡子来了电话,他说下午不能来接我,也劝我今天不要出门。为什么?因为又罢工了,又罢课了,又要示威了,警察又拦截盘查行人了。"咱们外国人还是小心一点好!"

他非常感慨地说:"简直一年不如一年。想当年中国翻天覆地,大家心目中有五等去处,第一等就是南美。二次大战期间,连瑞士的黄金都运到南美来存放。我做梦也没有想到南美会有今天!"

我问华侨的处境怎么样。"你还记得吧,我说过,人是有圈子的。天下太平,人家的圈子就放大;一有风吹草动,人家的圈子就缩小,就猜疑圈子外面的人。局势如果往下走,对中国人不会有好处。中国人到这里来,真不知道是来对了,还是来错了!"

我安慰他。我说明天我还住在这里,也许明天比今天好。

"也许会比今天坏。"他叮嘱,"在家等我的消息,一个人千万别出门,要是被警察抓了去,可不是闹着玩的。"

电话挂断,铃声连绵不绝。我拿起听筒,又是他,长胡子。

"有一句要紧的话必须补充,你好好地带着你的护照,不要丢了。秘鲁和中国台湾早已'断交',利马没人补发护照。如果丢了护照,你得暂时变成一个非法入境的嫌疑犯,做一阵子热锅上的蚂蚁。总有人以为你来路不正,到那时候你会知道他们有偏见。"

电话挂断,我又立刻打过去,我说,我们预定后天清早离开此地,只要飞机肯飞,我们的行期不改。我说,如果市面的秩序一直不好,双方的辞行和送行都免了吧。他听了大笑。

"到后天还早着呢!在后天以前可以结束很多事情,也可以发生很多事情。我们怎么能只见一面?我的儿子孙子还没见着你,我的拿手菜秘鲁鲑鱼你还没吃到。我们还有很多话没谈!你只要拿住你的护照,一切听我安排!"

我放下电话,打开旅行袋看了看护照和机票。他说的不错,我们不能只有那么匆匆一面。

52

早晨从床上爬起来,觉得世界"应该"变了样子,诚如长胡子说的:有些事情结束,有些事情开始。看看日历看看表,很想了解外面的情况。

打电话给长胡子,焦虑的气氛感染了我。长胡子一口气说出一大套话来:"老兄,我有麻烦,我的小儿参加示威,昨天晚上给警察逮去了。你不必替我着急,我在秘鲁混了三十年,还有几个朋友。昨天晚上被捕的人很多,现在先要查明他到底关在哪个拘留所里。这件事本不想告诉你,可是又怕你怪我慢待老朋友。你不必着急,连我自己都不急,我只是痛心,只是感慨,在秘鲁千辛万苦为什么?为了让他们安居乐业,这个小混账一点也不能体谅我的用心。好了,老兄弟,我会再打电话给你。"

"咔嗒"一声,对方挂断,我拿着耳机定了定神,觉得人家说了那么多,我自己不能一句话都没有,就再拨长胡子的号码。铃响，没人接，他一定是匆匆忙忙地出去了。

53

利马的华侨学校，据说是南美洲最大的中文学校，不幸利马发生示威游行，全市停课，直到行前才可以参观。当天又接到电话，示威的群众占领了侨校门前的路段，访问团要从后门进入。

学校果然颇具规模，校舍很大，教室不少，费了侨界领袖两代的经营。他们都到里面去应酬，我先在外面看壁报，每个班级都有壁报，上面有中文写成的文章，也有西班牙文写成的文章，贴满长墙，洋洋大观。原来这是一所双语学校，既收华裔的孩子，也收西裔的孩子；用广东话和北京话教学，也用西班牙语教学。看中文，字迹整齐，文句也流畅，教学的成果很好。其中有个学生叫沈颢专，曾在历次中文写作竞赛中夺得冠军。

学生演出节目欢迎我们到访。乐队上台，队员的年龄限十五岁以下，八岁以上，穿白领灰色的衣服，黑色的袜子，纯净朴素。华裔和西裔合奏，先奏秘鲁的国歌，指挥的头发白了，站得很挺。然后是舞蹈节目，华裔和西裔同舞，挽手揽腰，步伐轻盈。有一种三个人手拉手的舞，在别处没见过，据说是秘鲁的特色。节目中没看见中国特色，他们"在地化"的程度深，不过他们的校训是礼义廉耻，校徽用新生活运动的盾形图案，中山先生的铜像在大门内迎送师生出入，神情愉悦。他们仍然坚守一些东西。

然后是跟语文老师一起座谈，这时，我的"专长"派上用场。"学中文有什么用？"这个问题被人问过许多次了，我可以反问吗？学西班牙文有什么用？学英文有什么用？在乡村，秘鲁人有24%是文盲，他们还不是活着？印第安人住在他们的保留区内，只用自己本族的语言，还不是活着？问题是怎么样活，你要一个什么样的人生。一个文盲，如果通晓西班牙文，他的人生会不一样；一个西班牙人，如果通晓英文，他的人生会不一样。各位老师人在秘鲁，是不是觉得你会中文就多了些优势？如果你不会中文就少了些优势？

"有汉语拼音，为什么还要注音符号？汉语拼音的字母，ABCD，孩子都认得，用不着特别去学，注音符号的字母，孩子不认得，要特别学习。为了学另外一种文字，要特别去学一种注音符号，这种符号很难学，世界上只有两千万人使用，而且不知道他们还可以使用多久！"你这话有道理，注音符号也有它的道理，它拼出来的发音比较准确，即便我们都不用，语言学家还是要用。我们平常说话，南腔北调，倒也不必完全准确，大家刚才唱秘鲁国歌，声乐家听见，会说我们把许多音唱错了，可是你知道我唱什么，我也知道你唱什么，这样就好。据我所知，美国有些中文学校两种拼音符号都教，他们征求家长的意见，你愿意你的孩子学哪种符号？根据家长的意思分班。

贵校也许可以参考。

"在秘鲁教中文,课文里面应该是秘鲁的生活习惯,风土人情,统一教材完全照顾不到我们,我们自己编写教材。您在这方面有什么意见?"没错,学习语文有一个原则就是因近及远,先让秘鲁的孩子认识天堂鸟,再让他们认识梅花。不能只见梅花不见天堂鸟,好像也不能只有天堂鸟没有梅花?梅花在中文里头很重要啊。台湾也有过这样的争论,语文课本里头讲到冬天的雪景,有人主张删除,台湾整年平地无雪。这一课当然可以抽掉,换上更合适的文章,但如果把它留在课本里面也不算犯了大忌,从学习语文中增长知识,知道世界上有些地方冬天下雪,也不错啊。

我赞成各国的中文学校都自己编写教材,我也提醒一句,自己编的教材往往个人色彩强烈,编教材毕竟是一门学问,至少也是一门技术,不能凭我行我素完成。

座谈结束,示威未散,我们仍然得从后门出去。握别时,教师们叮嘱不要在街上逗留。他们得到消息,示威者把交通标志扭转方向,指示汽车进入死巷,放火焚烧。

54

都说这里的当地人很像中国人,以致有人推测,他们的祖先是中国移民,这一批最早的中国移民,可能是逃避元朝统治冒险渡海的大宋遗民。所谓当地人,指西班牙人、印第安人和黑人混血而生的后裔,十月,拉丁美洲的天空特别明亮,天光下,我仔细读他们的脸上写的家谱。他们确有直的头发,圆的面孔,黑的眼睛,低的鼻梁,黄的皮肤,或者黄中泛黑,像很淡的咖啡。有些妇女使我想起河南谷场上被太阳晒黑了的农妇。除了相貌,印第安人还有胎记,方块字,结绳记事,"嫌疑"颇多。

比较可靠的说法,印第安人本来住在亚洲北部,体内流着蒙古人的血液。你看地图,亚洲大陆在北方伸出一只手,北美洲也伸出一只手,双方的手本来握在一起，印第安人通过那个狭长的走廊从亚洲走到美洲。有一天，那两只手分开了，出现了今天地图上的白令海峡。

白人到美洲来殖民，他们有理由，印第安人为什么要由亚洲到北美，再由北美到南美？这是多么长的路啊！一路耕种狩猎，一路救死扶伤，一路生儿养女，汇聚了九百万之众。西班牙的入侵者，继之以白色的殖民者，把这数字降低到六十万，种种手段，直接间接，我虽不杀伯仁，伯仁也因我而死。有人说，印第安人长于制造金饰，启人盗心，不能自保。其实殖民者东征西讨，并非遍地都有黄金，他们要的是人民和土地，有土地就有资源，有人民就有奴隶，黄金又算什么！

有学问的人说，解决种族问题有三种方式：一、屠杀；二、通婚；三、隔离。学问学问，没有良心，居然承认屠杀也是一种"方式"。倒也休怪，他们只是归纳事实。白人到了美洲，三种方式都用，于是创造了印欧混血的新人种，也创下解决种族问题的范例。记得小时候读书，孙中山先生曾说，中国人口多，列强同化不了，也并吞不下去。有人指出，光靠人多没有用，印第安人在美洲倒是很多，结果呢？前车之鉴不远，中国人一定要面向世界，奋发图强。人到秘鲁，所见所闻如此，旧日这一段言论记忆犹新，感触特别深刻。

55

挂念长胡子，打了一个电话去，没人接。

别矣秘鲁，在飞机场又打了一个电话，我让电话铃声一直响了三分钟。

黑白是非

56

访问团南游,秘鲁是最后一站,回程北飞,经过巴拿马和萨尔瓦多。这些艺术家并未规划到这两个国家展览,这里也没有古迹胜境吸引他们,所以到此一游,无非是想要充分利用手中的这张机票。

巴拿马北邻哥斯达黎加,南接哥伦比亚,本是印第安人的部落,后来是西班牙人的殖民地,然后独立成为哥伦比亚的一部分,然后脱离哥伦比亚建国。出门旅游,为的是东看西看,若说看人,看白人黑人印第安人混血而成的新人,这里不如秘鲁,秘鲁有印加王朝的兴亡做背景。若说看海,这里不如哥斯达黎加的泮大连,泮大连是中国人的码头,海水比较脏,像中国人家的厨房,亲切。巴拿马的海滩非常清洁,像医院,不想久留。若说看都市规划,看市民住宅,这里比不上哥伦比亚,住宅区没有高楼,也绝对不许开店,街上也绝对没有垃圾。

可是巴拿马有一条鼎鼎大名的运河!他年说今日事,有人问你为什么去萨尔瓦多,没人问你为什么去巴拿马,他认为当然是看运河!看地图,中南美洲的形状像两块肥肉,中间连着一根筋,这条筋好细,拉得好紧,你会担心一用力就扯断了。这根筋本身粗细不匀,最细的地方是巴拿马运河两岸,运河就开在这个"蜂腰"上。它的西边是太平洋,东边是大西洋,有了这条运河,船舰来往两洋就有了一个快捷方式,不必从南美洲的最南端绕一个圈子。你想想这条运河多重要?美国为了它,不惜发动了一场战争!

于是把看运河列为首要日程。我们头一天住进旅馆,第二天早上就赶到运河闸口。上了路,也有偌大的原野供汽车驰骋,不像地图上画的,它和大地只有那么一丁点儿牵连。

有人说过,世界上的名胜十有八九名不副实,如果要我推选最令人失望的名胜,我提名这条运河。河身很窄,工程师计算精密,绝不浪费一寸。河岸是两道笔直的水泥墙,我想起柏林围墙。这不像河,没有这样直挺挺的河岸,大自然不制造这么长的直线。人家只想到实用,岸上的建筑物全像仓库工厂,线条丑陋,赶不上一个火车站耐看。世界最伟大工程之一?我看没那个气概。画家有先见之明?只来了两个人,还有两个是摄影家。

看运河一定要看见有船通过,原以为两洋的咽喉,水上交通的枢纽,一艘接一艘没个完,谁料这一等就是一个多小时。我们盼望有一艘声名显赫的邮轮、战舰通过运河,给这个平板的节目添一个高潮,怎奈时运不济,在我们眼前小心翼翼驶过的"东方皇后号",实在其貌不扬。书本上说,太平洋的水位和大西洋的水平并不一般高,运河设置阶梯式的水闸,在行船时调整水位,乃是运河工程的精华所在,这个,我也没看见。

57

既来之则看之,看了附近的军人公墓。一片很大的草坪,上面插满了白色的十字架,成行成列,前后对正,左右看齐,一个十字架下面有一个英魂,光天化日,英灵不泯,好像听见集合的号令立刻可以复起。我以前见过这种西式的公墓吗?应该在电影里见过,总不敌身临其境,感受深切。他们盛行火葬,所以能把公墓经营成图画。若是土葬,你要处理那么大的一具棺材,又不能把它埋得太深,挖深了可能冒出地下水,只有在棺材上面堆一个小小的土丘,这就使你很难对整体作出更好的设计。

既来之则看之,顺便去看一座废毁的古堡。一座守望和守卫用的高楼只见骨架,像烂布破网一样挂在海边,一定是堡毁人亡之后剩下的倔强的幽灵,上端有一个很大的缺口迎向海面,似乎张着狰狞的大口狂吼哀号。看样子它先受炮击,后受烈火焚烧,难以想象有几人生还。当年巴拿马常受海盗侵扰，如果印第安人是西班牙人的蝉，西班牙人就是海盗的螳螂。海盗也是欧洲人，其中也有西班牙人，曾一度攻入巴拿马城，洗劫之后，纵火焚城，手段凶残。所以巴拿马的古迹有好几座堡垒，垛口上架着土炮。

既来之则看之，巴拿马也有唐人街，我们去看中国人。巴拿马首都分两部分：新市区和旧市区。旅馆都在新市区，由新区入旧区，一路上年光倒流。中国人来巴拿马，先是修铁路，后是开运河，既艰苦又危险。哪里有海水，哪里有中国人？哪里有泪水汗水，哪里有中国人，流在异国土地上的汗水，比流在祖国土地上的汗水多。你瞧中国人那个"忍"，那个"韧"，使我联想到关汉卿："我是个蒸不烂、煮不熟、捶不扁、炒不爆响当当一粒铜豌豆，恁子弟每谁教你钻入他锄不断、斫不下、解不开、顿不脱慢腾腾千层锦套头。"一粒铜豌豆在千层锦套头中旋转，汗水泪水都是润滑剂，开拓出一倍的空间，他就能活，开拓出十倍的空间，他就能富，开拓出二十倍三十倍的空间,他就能衣锦还乡,光宗耀祖。

光宗耀祖!四个字累死多少好汉!想当初第一代华人离家的时候,亲友都来送行,叫着他的乳名:"走吧,远走高飞,没发财不要回来!"这句话像符咒一样祟着他,他从此着了魔,忘荣辱,忘劳逸,忘生死,只顾埋头苦干。天佑巴拿马,赐下这样顺手合用的建国工具。这些中国人通过一次又一次歧视迫害,立定脚跟,中国城是这一批人的凌烟阁,成功岭,他们的最后一站,他们子女的最初一站。走在那生了皮肤病一样的街道上,抬头看天,想象中国人列祖列宗的在天之灵。

58

巴拿马土地肥沃,油光光的红土,充满了生育能力。想起故乡的田地,纵然是上等的农田,土壤都像是干燥的渣滓,年年耕种全靠肥料续命。勤奋的农夫疯狂似的随时随地搜集动物的粪便,如果手边没有带工具，宁可脱下小褂把路旁的牛屎包回来。可是，巴拿马有许多田地长满了荒草。比起中国人，他们对土地的情感冷淡多了。在哥斯达黎加，改建总统府的工程进度缓慢，有人说过："如果这工程交给中国人做？"在秘鲁，旅行社情愿生意冷淡，也不肯照航空公司的设计招徕顾客，有人说过："如果旅行社由中国人来开？"现在，巴拿马，我又听见有人说："这些土地要是交给中国人耕种？……"

中国人爱土地，但是不能属于巴拿马的田野农村，只能属于巴拿马的城市陋巷。我听到一个故事：有个中国人到巴拿马来买地，由一个久居巴拿马的华侨从中穿针引线，带着他下乡看地，上高楼找律师，进银行办贷款，和卖主一同签字。事后发现律师是假的，地主是假的，连银行里的那个职员都是冒充的，他白白送掉一万美元。

中国人怎么可以骗中国人？我大惑不解。是人家的解答令我口服心服：中国人不骗中国人，骗谁呢？去骗巴拿马人哪有这么容易？

我们住的旅馆在新市区。新区比较文明繁华,而且"黑人很少"。我说我是同情黑人的。别人听了微微一笑,笑得怪异。不久我明白了:有个中国人一向为黑人利益发言,一天晚上他在朋友家吃饭,竭力为黑人鸣不平,谁料饭后踏月回家,被黑人击昏剥去西装。

新市区的高楼多,赌场舞场夜总会也多,阿根廷女总统伊莎贝尔"微贱"时就在巴拿马的夜总会里表演艳舞,舞国人才之盛可见。黑人当然不常到这儿来,因为没有那个消费能力,若是打砸抢,这儿的警力并不单薄。

59

东看西看,目光穿不透一层纸,需要找个人谈谈来补充。依哥伦比亚和秘鲁的经验,那戴着头衔的人总是说些官话空话,没法做成文章,幸亏我在巴拿马也有个老朋友,当年在一起,我们说过要合力办个杂志,自由自在地发表意见,其实那时候我们并没有多少话可说,如果真的畅所欲言,放手写它三期五期也就词穷了。而今我们胸中藏着几十本书,却连畅谈的兴致都没有。

我逼他说。说什么呢?就从秘鲁京城利马的示威说起吧,我离开利马的时候,一个朋友的儿子刚刚被捕,我想打个电话去探问一下。他摇头。什么意思?他说不要打电话。什么理由?我再三追问理由,他只好说:"这是政治案件,非常敏感。国外打去的电话只有增加敏感。"

我不觉呆住,他想安慰我。他说利马的那个青年参加示威,证明已进入那个社会的里层。虽然示威被捕绝非好事,他总算属于那个社会了,他也可以呼朋引类党同伐异了。巴拿马有些中国人好像永远是游客,一直游离在社会之外,"赞成"或"反对"都没有他们的份儿。老一代还可以抱残守缺找安慰,下一代孤苦伶仃没有归属感,有些孩子就染上了赌博和吸毒。咳,这才叫悲惨呢?

他说:"你不知道,一个孩子长大了,没有一个谈得来的朋友是什么滋味。你不知道,在篮球场上,巴拿马的孩子只肯把球传给巴拿马的孩子,他是什么滋味。你不知道,女孩子对别人笑着说话,对他则板着脸说话,他是什么滋味。"他忽然把话锋一转:"在利马的那个孩子,他有没有印第安血统?"

这个,我不知道,可是这又有什么关系?

"有些白人对印第安人的成见太深了。有时候,办案的人会拿嫌疑犯的血统做参考,认为有印第安人血统的人容易干坏事。"

我的血立刻涌上脸来。

60

当晚,我要求老朋友给我安排一两个访问对象,探一探海外中国人的心声。老朋友竖起大拇指往下巴底下一勾:"就找我好了,哪里去找更合作的人?"

我说当然求之不得,只是他给我的感觉是不愿意多说话,才想找别人。

"就算我不肯多说,也比一个陌生人对你说的话要多啊!"

说得有道理。

"如果你答应不把我的名字写出来,我可以多说几句。"

当然,这话更有道理。

以下是我们问答最重要的部分:

问:身为中国人,加入巴拿马籍,有何感想?

答:每逢天下大乱,就有一批倒霉的中国人做了外国人。

问:你做了巴拿马人,有没有优越感?

答:没有。我说过这是倒霉的中国人。

问:有没有罪恶感?

答:没有。我身不由己,被潮水冲到哪儿算哪儿。你们要弄清楚,移民是跟你作一个揖,GoodBye,祖宗留下的这一亩三分地全归你,我不跟你争了,我另有天地星月,我像祖先一样去披荆斩棘,移民的人格有尊严。移民也有一种抱负，移民十八变，最后还是中国人。国内动不动说叶落归根，太消极了，我们要事业归根，成就归根，荣耀归根。中国有很多大家庭，后来衰败了，靠它当年赶出家门的儿女回来支撑门户，或者它家走失的孩子突然出现了，黄金白银堆满了屋子，这不是小说戏剧凭空捏造的故事。

问：后悔不后悔？

答：以我当年的处境，我可以修改萧伯纳的一句话回答你："不论出国或留在老家，你最后都要后悔的。"人很容易后悔，他只想失去的，不想得到的，他对事后作出一些假设，忘了当时的必然。我对"过去"只检讨，不后悔，只用理性，不用感情。

问：你想不想回国定居？

答：想旅行，不想定居。

问：为什么？

答：国内只有花朵，没有根。

问：在国外有根吗？

答：对我来说，总算有些根基了。我说"根基"，先有基，后有根。"基"是财产、朋友、社会地位、开拓的能力、应变的能力。"根"是家族、历史感、文化传承。

问：对黑白的种族问题的看法如何？

答：当年白人为了活得舒服，进口大批黑奴来伺候他们，一时的享受，欠下了大笔的子孙债，可见坏事做不得。

我想不通，当年白人为何要那样虐待黑奴？为什么不给他们足够的营养，为什么不给他们清洁的水源？生病了，为什么不给他们治疗？为什么要用各种私刑，包括火刑、烙刑、死刑，让他们死亡率极高？就算黑奴是你的"牲口"、工具，你看咱们的农夫如何对待他的牛，战士如何对待他的马！你看《红楼梦》里面那些丫环，有人说她们是奴隶，你看她们的衣食住行，基本条件都和主人有合理的差距，琴棋书画，各种嗜好都能跟主人相应，香菱是个丫环，忽然想学诗，主子们都来教她。有这样一群奴隶来伺候你才有意思。这才叫文化！那些白人奴隶主真是野蛮！

当年蓄奴制度存在的时候，奴隶主买奴隶，男奴和女奴的数目相近，给他们配对儿，生出下一代小奴隶。这奴隶主又转卖黑奴，把男的卖给这一州的人口贩子，把女的卖给那一州的人口贩子，把小奴隶卖给第三州的人口贩子，生离死别，把一个家庭彻底拆散，你想那一家黑人何等痛苦！我们今天读到这一段都不忍心，那奴隶主到底为什么要这样做呢？想来想去，只好承认人性本恶！恶性重大！恶贯满盈！我不寒而栗！

问：对子女教育有何想法？

答：下一代无论如何要学习中国语文。只要语文没有丢掉，就还有做中国人的能力，有一天中美洲天下大乱，他们还可以回去。

问：你对美洲的局势很悲观？

答：不是。倒霉的人要多往倒霉的地方设想，给自己留条后路。

问：我由美国到秘鲁，都为一个问题烦恼：他们的孩子要不要学中文？他们认为西班牙文是孩子投入生活的战场时最重要的装备，必须全力修习，不容中文来分散精力。你现在对这个问题提出一个崭新的答案。我能不能把你的答案告诉别人？

答：最好的答案往往是不便公开的答案。

61

当地一位很有面子的中国人要请画家们吃饭。我们预定在这里只停留一宿两日，实在没有时间，于是改为早点。

早晨七点时离开旅馆向旧市区出发，到一家中国餐馆吃豆浆油条。这家餐馆为了迁就我们的匆匆行色，特别提前开张，里里外外全副执事人员齐备，连老板也在场，偌大餐馆只有我们一桌食客。

我问老板生意好不好做？他连声说："还好，还好。"这一带治安怎么样？答案是："还好，还好。"

席间，访问团的那位王牌画家说，跑到中美洲来吃豆浆油条，太可笑了，当着主人的面，嗓门儿一贯高。他说人要学牛马，到什么地方吃什么地方的草。他讨厌"一律"，反对"制式"，由头脑到肠胃都一样。他喝了一口豆浆，认为还不如喝巴拿马的自来水，巴拿马的水很甜，水质号称世界第一。然后他忽然起立，想起应该去吃巴拿马特有的一种炸香蕉，那个年轻画家，他的桑科，也急急忙忙如影随形。主人总算富而好礼，客客气气送出店门。

这一顿早饭吃到九点才散。我从哥斯达黎加出发时买的一双皮鞋，鞋底忽然脱落，一时不知怎么修理。只好央人带着在巴拿马再买一双，由饭店老板派一位伙计引路。我们走进一家皮鞋店，里面的雇员几乎全是黑人。

我一面试鞋，一面看人，发现有个中国人在这里做店员。他正在陪一个黑大汉试鞋，那人穿上鞋子，在店里走了一圈，觉得满意，就径直打开店门扬长而去——显然没有付款。

坐在柜台后面的人对中国店员叱喝着,中国店员畏缩着,店里其他人睁着圆溜溜的眼睛张望着——后来,我的向导告诉我,鞋店老板命令店员把那黑人追回来,店员不敢去,老板说:"你明天不必来上班了!"向导的意见是:"当然不能追,尤其是不能叫中国人去追,追出去也许没命了。"

我离开皮鞋店之前跟那中国店员打了个招呼。我问以前有没有发生过穿鞋不付钱的事,他说:"还好。"

向导说,这一带的商店家家挨抢,年年挨抢,不过,他也说,"还好"。

"还好"这两个字的意思是多么复杂啊!

62

旧市区的黑人多,我经过洛杉矶、旧金山时都没看见这么多黑人。

我站在街头仔细看他们,世上不知有多少人吃了相貌的亏，黑人是最好的例子。黑人不但"血也是红的"，孟子所说的恻隐之心，羞恶之心，辞让之心，是非之心，他们也都跟我们一样。但是很不幸，你看中文的"黑"，黑手、黑帮、黑钱、黑心、黑道、黑店、黑市，连出面做恶人都叫黑脸！中文产生这些词的时候，中国人并不知道非洲有"黑种"，今天一旦碰上了，心思意念又怎么能跳出几千年来的大染缸？中国人并不是跟在白人后面歧视黑人，是有他历史文化上的原因，这是中国人要克服的困难。

什么叫好看？什么叫不好看？黑人的喉舌曾经愤愤不平地说，所谓好看不好看是白人定下的标准。白就好看，黑就不好看；黑人的模样长得有几分像白人就好看，不像白人就难看。我看问题并不如此简单，白人中间也有嫽妍之分。黄人之中也有獐头鼠目之辈，使人觉得难亲近。颜色并不是关键所在，黑牡丹、黑琉璃都很美。黑人也有美女，也有蔼然可亲的学者，也有面目慈悲的教徒。白人歧视黑人也有他历史文化上的原因，这是白人要克服的困难。

一个黑得跟木炭差不多的人走近我，问我从哪里来，用右手指着自己的左腕，问中国人中间有没有这种肤色。我告诉他，黑色的皮肤在中国代表健康和强壮，他听了高兴得露出满口白牙。黑人的喉舌正在努力建立"黑人美学"，要树立以黑为美的观念，鼓励黑人理直气壮以黑为特色，不必再用白漆漆自己的汽车。这大概可以提高黑人的自尊心，自尊心是可以从外面看得见的内在美。历史上写得一清二楚，白人曾经无情地奴役黑人、压迫黑人，今天的黑人内心大都充满了怨愤，面对白人社会心理不能平衡，这也足以减损黑人的形象美。电影明星都知道，愤怒、怨恨、悲痛、凶恶，这几种表情最难表演，因为演出来不美，这是黑人要克服的困难。

但愿有一天，黑人都很美，白人黄人也都觉得他们美，那天也许就是世界大同。

63

巴拿马首府旧市区房屋密集，色彩鲜明，是一个有特色的地方，可惜抢劫案很多。

有人说黑人不抢黑人。我看见一个黑妇，臂弯里挽着皮包，抱着孩子。黑妇很肥胖，一副忠厚老实没有什么戒心的样子，孩子像泥鳅，挺着身子想从她怀抱里滑脱，把她的皮包揉搓得掉下来。一个黑少年飞步上前去拾皮包，黑妇的眼睛笑着、嘴唇张着，一句"谢谢"如箭在弦上，等着接受他的服务呢，没料到他拾起皮包就跑。

黑妇抱着孩子，不能追赶，也没有意思追赶。张大了嘴，不是叫喊，是因为惊讶。她目不转睛，望着少年的背影，我猜她心里在反复地想：你怎么可以抢我！你怎么抢一个黑人！

不大一会儿，黑少年的身影转回来了，一个警察倒剪了他的双臂，押着他走。那警察像一座黑塔，把少年压在底下,翻不过身来。这又引得那黑妇目不转睛,并且张大嘴巴。

少年照着警察的意思来到黑妇面前,站定了,尽量弯着腰,低着头,那被警察弄拧、抓紧了的臂努力上举,适应警察的身高,他完全是一只受了伤的小动物。警察把皮包还给黑妇,问明经过,就从腰间取下手铐,"咔嚓"一声套在少年的腕部,银森森的手铐和黑黝黝、毛茸茸的肌肤对比相当强烈。

我看见黑妇的脸抽搐了一下。她没有打开背包看里面是否少了什么东西,只顾目送老鹰提着小鸡远去。皮包失而复得,她应该高兴,可是不然,她站在那里显得非常难为情。有一种说不出来的原因使她尴尬。也许她在想:"你怎么没跑掉!抓你的人怎么是一个黑警察!"

64

我们要离开巴拿马了。飞机不能按时起飞,我在机场四处瞧瞧,和一位在南美洲某地办华文报纸的一位老友不期而遇,他来搭另一条航线的飞机。

这次巧遇十分值得珍惜。他说可惜没有机会接待我。我说,最好的接待就是内心掏出话来谈谈。

时间迫促,我单刀直入问他三个问题:

其一,南美洲有些国家的政局动荡不安,常常出现新强人推翻政府。在这样的环境中办报,有没有安全问题?新政权会不会对报馆算旧账,挑剔你以前的言论和编辑方针?

他说这个问题他从来不想。

其二,我在中南美洲到过几个国家,接触过一些侨胞,他们似乎都有难念的经,他们究竟有什么困难?

他说,你得自己慢慢儿去发现,当事人是不肯说出来的。中华民族有五千年历史,经过无数灾难,中国人从灾难中增加了许多智慧,其中之一就是隐藏自己的痛苦。巴拿马的华侨一定明白,他如果告诉人家说巴拿马人如何欺负他,人家不会去怪责巴拿马人,人家只会认定他吃不开、兜不转、瞧不起他。而且,被压迫者的怨愤如果让压迫者发现了,只会招来更多的压迫。所以,不可说。

其三,海外的中国人能不能联合起来,为共同的目标奋斗?

他直截了当地说"不能",理由仍然跟"五千年智慧"有关。他说中国人本来就多虑,现在人在异国,身为异族,白天栖栖遑遑,夜晚听见有人从他的窗外走过胆战心惊。中国人根据历代积累的经验,相信要在这种环境中图存,必须攀附甚至谄媚当地有权势的人,而讨好权势的"验方"是疏离甚至排挤别的中国人。如果一个巴拿马老板手下有两个中国职员,这两个中国人必定互相倾轧以表示对老板的忠诚。这个样子的中国人如何能团结起来?

我非常感谢他倾囊相授,真觉得相见恨"短"。我说,如果能早两天相逢,多谈几次有多好!岂不强过看运河、看废堡?

他笑了一笑。"如果早两天相遇,我还是要带你看运河,看夜总会,能谈的也只有这么多!"

天涯待归

65

归程中,巴拿马起飞,萨尔瓦多落脚,也是一宿两日。到巴拿马为了看运河,到萨尔瓦多只是为了多看见一个国家。航空公司的花样很多,它可能让你多游览一些地方而不增加票价。

萨尔瓦多,西班牙文音译,意思是救世主。这也是一个天主教国家,由西班牙人开发。也是经过殖民、独立,人种混合,每一个阶段都留下遗迹。行过哥伦比亚和秘鲁以后,这些景点对访问团已经没有吸引力。大家也有些疲倦了,想回家。

我们在第一时间接到警告,到了萨尔瓦多这个国家,你只能在这个叫作萨尔瓦多的城市流连,这里是一国的首善之区,通常称为萨京,四乡都是革命的游击队,他们不会拿旅客当客人。即使在萨京,黑帮横行,他们可以当街杀人,从容离场,用不着慌张逃走。我们得到的第二个警告就是,不可随便对着人群取景照相,因为其中也许有一个人是黑帮老大;也不可对着你喜欢的房子照相,也许这是黑帮老大的家,他极其厌恶你的这种行为,他一定有行动。如此这般,也大大扫了我们的游兴。

台湾也有一个地方叫圣萨尔瓦多,在基隆市外海的岛上,西班牙人在那里建筑了一个堡垒,殖民的滩头堡。台湾那时是一个荒岛,看来西班牙人当年对少数民族、落后地区特别有兴趣,倘若照他们的计划实行,台湾也像今天的中南美洲,台湾的少数民族也像今天的印第安人。那可不是什么好结果!他们失败,是因为来了荷兰人;荷兰人失败,是因为来了郑成功。历史曲折发展,台湾成了今天的样子,无论如何这个样子优于那个样子。我从未见过台湾的圣萨尔瓦多,那个堡垒已经没有任何遗迹,我来到中美洲的萨尔瓦多,好像看见那个堡垒,很厚的墙,很小的窗户,阴森如一座监狱,天风海水昼夜撞击,沉默无声。

66

萨尔瓦多并非没有特色,每一个地区都有特色,巴拿马的特色是黑白种族,萨尔瓦多的特色就是武装革命,只是这两个特色都不能成为观光景点。人到巴拿马还可以买草帽,到了萨尔瓦多只能听游击队的故事。他们辛苦,我知道,一旦加入游击队,就不能过正常的生活。他们士气高,我明白,农民卑微,一旦参加革命武力,他就有了新的身份,他也从集体权力分到个人的权力。他们冷酷,我知道,他们见过冷酷,受过冷酷,羡慕过冷酷,如今老子也可以爽一下。他们勇敢,我知道,他们和体制决裂到底,没有退路。

我不明白,一个基督教徒,如何能一转脸月黑杀人、风高放火呢？基督是如何应许的呢，上帝是如何期待的呢，这才知道还有所谓的解放神学。依上帝的旨意，人间要有公平正义，而公平正义并非靠基督受苦能够实现，天主的子民除了信仰，还得有行为，神的旨意要由人来强力贯彻。至于暴力，当年上帝直接指挥以色列人东征西讨，战胜之后妇孺不留。牧师会说，经文的这一段记载有其属灵的含义，表示信徒应该与魔鬼决绝，除恶务尽。他们反问，这一段经文是否实有其事？这当然没有第二个答案，既然实有其事，我也可以照样干，我的行为也可以有属灵的意义，你们去演绎发挥好了。

解放神学的经典著述也有其学术地位，传给一般大众必须浅化简化，看来这一套说法是为中南美洲量身定做，原来上帝也是个小姑娘，可以任人打扮，怪不得无神论者这样藐视我们。

萨尔瓦多首都的天气和空气都好得出奇，下机后满鼻清凉，全身皮肤有新浴后的爽适，所谓"瞎子也知道到了什么地方"，诚非过分夸大。市外青山环绕，美如画屏，傍晚天空有雾霭，夕阳斜照下百看不厌，这又是双目失明的人所不知道的了。大概地球上由无人到有人，由人少到人多，曾经有一段时间寻找适合居住的地方，经过长期试验和不断迁移，选定了若干据点，因此，每一个村镇，每一个地方，尤其是大城市，多半有对人特别有利的地理条件，它当然不是全球最好的地方，但必定是这一方最好的地方。圣约瑟、瓜地马拉首都、波哥大、利马以及萨尔瓦多首都都是例证。

萨都不但由先驱者苦心选择，更由后来者精心策划。室外处处有公园，公园都是方形，园中有伟人的铜像，园旁多半是一座教堂，自然风景、民族精神、宗教信仰兼筹并顾，当非偶然。放眼全市，有一条宽阔笔直的中央大道，大道中心有一条宽阔的、笔直的安全岛，岛上遍植花木，宛如一条锦带式的花园。大道两旁，灯火辉煌，那传授知识的学校，裁判曲直的法庭，维护健康的医院，都配置得停停当当，我们国内的大都市多半逐步扩大、自然形成，总不能事先设想得这样周全。

自从有了钢筋水泥,建筑可以既美观又坚固,西班牙人在这里为子孙留下百世基业,他们能有这样的手笔,今人佩服。可惜他们绝对不是救世者!辜负了那样神圣的背景。但是,在解放神学的支持下奉主的名而兴的游击队,他们是救世主吗?他们是吗?

67

旅馆里有一个饶舌的服务生,他再三问我要不要看小电影,我说不看;又问我是中国人还是日本人,我说是中国人。于是,他很自负地说,他早料定我是中国人。他能分辨中国人、韩国人和日本人,而他的同事不能。此次旅行途中我曾一再被人问及日本人和中国人在形貌方面到底有何区别,对旅馆侍者的饶舌不免发生兴趣。

"你怎样分辨中国人和日本人?"

"中国人的脸色沉重严肃,好像有重重的心事。"

我赶紧去照镜子。自己确有几分风尘倦怠之色,那是痔疮害的,别的中国人未必都有痔疮。我暗暗笑他以偏概全。

经过他的提醒,我倒很用心地看了许多人的脸:某个白人满足而幼稚的脸,某个黑人愤慨而阴沉的脸,某个拉丁人懒散而多幻想的脸,某个日本人油滑而固执的脸,以及某个韩国人桀骜不驯的脸。

旅行手册上说萨国只有3000个中国人,我想,那不知是隔了几年的皇历。如果只有3000人,而我能在旅馆里、街头和商店里一再遇见中国人,也未免太巧合了吧?我仔细看我遇见的中国人,他们的脸上写着谨慎、多疑、没有担当。他们并不沉重严肃。

68

商量游览节目,有许多名胜地区都不能去,那儿有游击队。游击队要推翻现有的政府,是一支"革命的武力"。凡是未经他们认可的人,在他们看来都是敌人,他们对付敌人用革命手段。乡下的绑架、奇袭,都市里的暗杀、爆破,都是革命手段的一种,因此,萨国不但四郊多事,首都也不太平——瞎子来了也许不知这是人间何世。

我又注意看萨京街头的人脸,应该有许多脸沉重严肃才对。没有,没找到,倒是有些脸绷得很紧,一副悻悻然,甚至可以用凶悍来形容。你在哥斯达黎加一定看不到这样的脸,上面仿佛写着"你死我活"。萨尔瓦多和哥斯达黎加两个小国是近邻,开快车朝发夕至,两国的国民性却有甚大的分别,不可思议。

中国人的脸混杂在形形色色的众生脸谱里显得特别小,而那些凶悍的脸很大。

69

我们去游览市郊的一座湖,据说湖面本是平地,忽然一夜火山爆发,大地摇来晃去,这地方就陷下去了，村庄、人口、牲畜，转眼不见了，这地方变成了"大地的眼睛"，水就像眼泪一样涌出，填满了空隙。

湖光是明媚的，但是，为何要吞没一方生灵成就这点儿明媚？附近有的是空地！我不相信这是大自然以清洁代替肮脏，水中的细菌未必比人类更有生存的价值。而且湖水绕着火山，那山口在湖成之后还一直闪闪有光。山势如鹰爪凌空而下，那映在湖中的倒影就成了凶悍的眼神，所谓明媚，未必尽然。

偏偏有人想在火山口旁边盖一座旅馆，投资者想使观光客的投宿和游湖、登山合一，使观光者在卧房外的阳台上看山看水并且看火山的熊熊余焰。他认为游客一定愿意享受这点惊险并以之夸示亲友。但是旅馆没有建成，火山就完全熄灭了，投资者的冒险也半途而废。

可见总有些事出乎预料，总有些计划出毛病、有错误。布道的人总是强调自然界如何有秩序，强调必有制定秩序的神。是否有些事情，像火山爆发毁村为湖，是那计划出了毛病，或是根本没有计划呢？

在湖滨小店里吃到了新鲜的椰子。剖开，我感激那浑圆密封着的一捧水。沁人心脾的椰汁，满口生香的椰肉，恰恰配合得如此之好。这在冥冥之中也许有个计划。

建立这个国家的人，大约是他的计划也出了毛病，这才出现了煞神一般的游击武力。

回程中，我隐隐忧虑有一天连这湖也从旅行社的日程表上剔除。我知道山是游击队的舞台，忽然觉得那美丽的屏风对这座名城是一个包围圈、监视网。

说到火山，它也是萨尔瓦多的一大特色。看地图，小小的国土，两万一千多平方公里，居然有25座火山，京城圣萨尔瓦多离火山只有13公里。那座山也叫圣萨尔瓦多，活火山，张着一张大口。可以说，这里有火山才有土地，土地是山的脚凳，是火山的附属品，人民在这块土地上建立国家，国家因火山而存在。萨尔瓦多人爱国家也爱火山，把五座著名的火山画在国徽上。火山提高了萨尔瓦多的知名度，火山灰增加了萨尔瓦多的农业生产，火山给萨尔瓦多蕴藏丰富的地热。爱，就是只想她的好处，不想她的坏处；爱，就是爱她的优点也爱她的缺点；爱，就是爱她所有的而不是爱她没有的。萨尔瓦多人爱火山，近似中国人爱黄河。

70

"旅行常常产生奇迹"，我并不信，但旅行常得奇闻，我这次中南美之行听见了许多闻所未闻的话和意想不到的事。在萨都，有人告诉我××来了，××的计划是去美国，没有弄到入境签证，就申请来萨。来萨须在旧金山换飞机，可以拿到美国的过境签证，他想趁过境之便擅自入境。他到了旧金山，发现过境的规矩很严，脱身不易，只好弄假成真。他天天在萨都的街头走来走去，见闻很多。

我和××见了面，他说来萨是探望他的叔叔，叔叔听他有意浪迹海外，竭力反对，表示"如果我帮了你的忙，你有一天会恨我"。叔叔叫他"从哪儿来的，回到哪儿去"，因为"外面的金窝银窝，不如自己的草窝"。何况外头也没有金银。叔叔这么说："如果自己的房子挤，自己想办法盖房子，不能想住到别人家里去，别人家也挤。如果自己的房子漏，自己想办法修房子，别人的房子也漏。"又说："在别人的屋顶下面，雨水滴到你头上，人家还不准你替他修呢。"

这个老华侨有意思，我能不能找他谈谈？××替我打了电话，老华侨一听是外路人，干过作家，来找写文章的材料，连说不见。

我在萨都只住两宿，找材料的机会不多，就抓住××不放，一定要他谈谈他的叔父。他说他的叔父在这里开菜馆，初来时当地人不准他卖牛肉，因为那条街上有个店专卖牛排。他叔叔的独子被当地人开车撞伤了，在手术台上死去，据说医生护士有过失，没拿外国人的生命当一回事，手术中氧气用完了，竟然到处找氧气找不着。

这老侨胞现在有新困难。他是个虔诚的教徒，一向认为千错万错，敬神没有错，听教会的话没有错，教会叫他捐钱，他就捐钱；教会叫他多捐，他就多捐。不料晴天霹雳，教会拿这些钱送给了游击队，害他受了三番五次的调查，可怜这老先生天天在家查《圣经》，查不出教会跟游击队怎么会是一家人。

71

离萨前夕去参观一家中国人开办的工厂，在昏黄的灯下握住一只多茧的手，没想到那人就是老板。厂房很大，上面是一排一排日光灯，下面是一排一排女工埋头焊接。比起卖快餐开杂货店来，这位老板成就过人，仍然满掌硬茧，可见创业艰难。工作环境很干净，只是焊接的时候冒出细细一缕轻烟，污染了空气。我站了几分钟，就觉得胸口不舒服，女工都戴着口罩，我想也不能保障她们的健康。我想象，如果我也在这里生活，如何能使我的女儿不进这样的工厂打工。

告辞出门时，门外一排飘飘荡荡的鬼脸拦住去路，一群孩子来玩万圣节的游戏。万圣节是因安抚孤魂野鬼而起，海外的中国人管它叫鬼节。以前，我只在书本上见过这个节，书本告诉我孩子在这天夜晚装扮成鬼挨家要糖，"不给糖，就捣蛋"，给你来个恶作剧。据说夜晚出来讨糖可以培养孩子独立的能力，各种扮鬼的脸谱和服饰可以培养孩子的艺术眼光。孩子到底是孩子，扮成鬼也不可怕，尤其是小手伸出来的时候，怪可爱也怪可怜。设计这个节日的人怎么只教他们戴面具，不教他们戴手套。

老板身旁的接待人员说，鬼节里头有鬼，他从不让自己的孩子参加。他说几块糖算什么，怎么可以教孩子沿门乞讨？我还算什么父亲？万圣节这天，有人把剃刀的刀片弄断了，插在苹果里，交给孩子去啃；有人把碎玻璃揉进糖里，教孩子去嚼。干这种缺德事儿的人专向有色人种的后裔下手，孩子的脸蒙在面具里，手伸出来是白是黄是黑却一目了然。这真是人心不古啊人心不古。"人必自侮而后人侮之",谁叫你自己愿意去耍这个"贱"呢?听了这番话,我的脸更黄了。

事后听说,万圣节这天晚上,萨尔瓦多的一家广播电台,劝告家长别让孩子出去讨糖。孩子扮的是鬼,必须在黑暗中行动,拐卖人口的歹徒这就有了机会,年年这天晚上有孩子失踪。他说"讨糖"对孩子没有正面的教育意义,小小年纪希望不劳而获,还理直气壮,"不给糖,就捣蛋",如果你加班了,出差了,无人应门,他就在你家门口水泥地上摔鸡蛋,在你家院子里的松树上缠绕卫生纸,让你费整天工夫清洗,糟蹋东西,损人不利己,孩子坏了心眼。不经一事,不长一智,原来还有此一说。

如果我在此地生活,我的孩子怎样度过万圣节之夜?我想,孩子们扮成鬼怪夜行,很新鲜也很刺激,长大以后,成为童年时期很重要的回忆,我不敢替他们把这色彩灿烂的一页抹去。这天晚上,妈妈把他装扮成小精灵,我则远远跟随扮演秘密警察。如果按了铃没有人开门,我会告诉孩子,这个家庭的孩子也许生病,他们全家人都到医院里去了,世事有各种可能,要为对方设想。如果我的孩子听话,我会教他事先设计一种小卡片,现在拿出来贴在紧闭的大门上,祝福这一家百事如意。讨完了糖,回到家里,所有讨来的糖一律丢进垃圾桶,我把自己买的糖拿出来。"爸爸买来的糖不甜",爸爸买来的糖也无害,我会告诉孩子世事难求全美,有时要两害相权取其轻。

72

明天离开萨尔瓦多,结束这一次的中南美之行。这一夜,我辗转难眠。我第一次出国,一眼望去就是七个国家,堪称壮游。有些东西会留在我心中一直发酵,一直发酵。

我中途遇见的那个阿根廷人,再三慨叹世界上没有一片净土。我想起一部老片子来,故事是说,联合国大厦出现了一名弃婴,好几个会员国争着收养，秘书处乃提请大会讨论。在会议席上，各国代表热烈发言，互相攻击，指出对方的种种缺陷，力言不能让可爱的孩子在那个样子的环境里成长，大家相持不下，弄得孩子无处可去。编导所要表达的意念正和我遇见的阿根廷人的慨叹相同。我重新咀嚼那出戏，恍然有悟：一切问题都是由于那孩子的身份是弃婴才产生，世界上最适合孩子成长的地方，原是母亲的怀抱啊！

北归前夜，我对这次中南美之行作了一番回顾。

我极其讨厌旅行，旅行要在两点之间不断移动，我极其讨厌移动。八年对日抗战，四年国共内战期间，我有几次长途奔波，那种致命的奔波，绝望的奔波，伤害了我。我恨距离，恨长度，恨八千里路云和月。我宁卧不坐，宁坐不站，宁站不走，宁走不跑。我的一位同伴说过，一看见那无穷无尽的路，他就想起热锅上的蚂蚁，我在这里写下这句话纪念他，他死于骨肉流离的道路中。

这次到中南美旅行，对我完全是个意外，于是有意外的收获。和平时期兴起的观光事业成熟了，它欢迎有客自远方来，设身处地充分替旅行的人设想，交通、食宿、景点的设备都让你称心如意。出门千日好！行万里路如春风得意马蹄疾。虽说所有的表情姿势都职业化了，总比看一场电影真实，电影戏剧还可以洗涤心灵呢。于是你这个草草劳人有心情、有精力欣赏风土人情，享受山水草木，新感受冲淡旧感受，新感受源源注入，使旧感受点滴溢出，情感像水，一直流下去，流下去，"流水不腐"。我得从"三十功名尘与土"的悲情里走出来，免得它腐蚀我。

由东半球到西半球，由北美到中南美，一路都是高空飞行。"高"这个字我这辈子不知写了多少次，从未想到可以高到这个没法形容的程度。高，高，我不觉得有地球，不觉得有飞机，若不是那些白云，我也不觉得有天空。空中真好，门外比门内好，空中比地面好，我已因为摆脱一切压力而失去重量，因为不沾一粒红尘而没有形状，我已忘记还有一个目的地叫美洲，我一无所求。

想一想，这是宗教对我的要求，我从未做到，早已放弃，我怀疑有这样的境界，因而怀疑宗教信仰。高空飞行的经验可能赶走怀疑，让我断而复续，宗教信仰不是有神无神那样简单，我生命中许多重要的人物在那里出场，我多少喜怒哀乐爱恶欲在那里发生，我多少幼稚的错误在那里得到原谅，我的多少矛盾冲突曾经由它来统一，那些记忆！那些感动！我没法那么容易把我的生命挖出一块来丢掉。什么人说过，"到人少的地方去亲近上帝，人越少，你离上帝越近。"一连串的高空飞行对我产生了类似的作用，这纯粹是我的私事，不求人认同。我想，有神学的基督徒，有哲学的基督徒，有工笔的基督徒，有写意的基督徒，我还是可以有选择。

"世人都是天父的儿女"，这是基督教的经典名言。我一向用"人有普遍的共同的人性"来解释它，共同人性之说来自文学课本。

这次由北美到中南美，我看见形形色色的人种，除了我辈黄种人,还有白人、黑人、印第安人,白人和印第安人通婚而生的"新人种",白人和黑人通婚而生的混血儿。乍见之下,也曾觉得这是一个陌生的世界,仔细观察,陌生之中隐隐有熟悉,如同参加化装舞会,大家本是至亲好友,故意戴上面具,你看得出面具露出来的眼睛,猜得出面具后面的脸庞。黄人、白人、黑人、印第安人,大家都是人,都是同根生,在宇宙大屋顶之下都是一个大家庭里的成员,不仅有共同的人性,也有共同的肉身,共同的生理需求和心理反应。

记得当年第一次看见黑人的时候,也很惊愕,那是一个标准黑人,太黑了,几乎只能看见他的白眼球,一下子看不见他的黑眼珠。人的皮肤怎么可以这样黑!后来见多了,知道黑人的肤色也深深浅浅,有似中国画家说的"墨分五色"。记得当年第一次看见黑白混血儿的时候也很诧异,白人怎么会跟黑人结婚!后来见多了,知道白人,黑人,和我们一样有神圣的爱情,不是世俗之见所能规范。来到南美洲，知道各色人种相互通婚，白人和印第安人通婚而生的"新人种"，白人和黑人通婚而生的混血儿，双方又结婚生子了，如同画家的调色盘，三原色可以调配出无穷变化，如果天地长存，最后人类将没有所谓纯种。到那时候，你看我，我看你，你中有我，我中有你，"世人都是天父的儿女"这句话就越说越顺口了。

"到人多的地方去发现上帝，人越多，你离上帝越近。"这句话有人说过吗？如果没有，我来说。到南美洲看芸芸众生，想起"世人都是天父的儿女"，换中国一句老话，"本是同根生"。用不着等到将来，现在就能感觉"人心都是肉长的"。没有这种通感不能信教，也不能作文。

作家自豪，行万里路读万卷书，不够，还要加上一句阅万种人，对人有兴趣，有关怀，将是我文学生命的泉源。

第二辑

看不透的城市

纽约太大，太复杂，看不完，也看不透。纽约市人才荟萃，也人种荟萃：在地铁车站的长凳上并肩而坐的，往往是一个黑人，一个犹太人，一个盎格鲁-撒克逊人，一个日本人，一个拉丁美洲人。在曼哈顿几个著名的广场上，常常麇集着许多人休息谈天，你从其间穿过时，可以听见日语、英语、西班牙语、俄语以及什么语，脚下每走几步耳畔就换一种语言。

纽约到底有多少种人？公共场所有一张海报，上面写着："你觉得受到歧视吗？请打电话到××××。"这么简单一句话，用了二十多种文字反复地写，写满一大张，乍看整个海报是一张怪异的图案。一个城市要用二十多种文字来"俾众周知"，岂不是太大、太复杂了？

我曾经问过一位老纽约："纽约所没有的是哪一个种族的人口？"他沉思一下，亦庄亦谐地回答："台湾的高山族。"

有一段日子我每天清早经过时报广场公车总站，那正是"纽约客"去上班的时候，多少人坐地铁、公共汽车在此集散,偌大一层楼竟然挤得水泄不通,比咱们的庙会有过之而无不及,各种肤色、各种服饰、各种气味、各种眼色,林林总总,观之不足。在排山倒海的人种压力之下我忽然眩惑了:这些人从哪儿来的呢?为什么要来?还回去不回去?他们后悔了没有?他们真的是随着流星一同诞生的吗?……每个人,每个家庭,总是藏着一个动人的故事吧,除了上帝,谁又能读遍这些故事呢?

有一段日子我经常在下班时分穿过世界贸易中心大楼,那也是交通要隘,单单两座大楼里的办公人员就不可胜数。这样子的纽约人能在世贸大楼里有一张办公桌已在某种程度上出乎其类,所以履声襟影自成水准,不似时报广场之鱼龙混杂。我常站在一家服装店转角处看这静静的人流,默数其中有多少东方人,多少黑人,多少拉丁美洲人,多少斯拉夫人。那里的人似乎有个习惯:下班后喝一杯再回家,只见几个餐室酒馆全坐满了;屋子里坐不下,座位延伸到屋子外面来。一样水晶般的玻璃杯,每个人面前却盛着不同的颜色散放着不同的香气。我在别的餐室里看见美国人——尤其是衣履光洁、神采奕奕的美国人——谈话总是压低了声音,独有此处此时,人声一片嘈嘈、一片嗡嗡,每个人的声音都提得很高,可又不特别比人家高;大家像排练过似的,同时发出一种彼此差不多的高音,混合成一阵难分难解的声音旋风,把所有的人气酒气脂粉香气都裹在里面。他们用了多少种语言?那里面的含义,也许只有上帝才听得明白吧?

在纽约,这么多历史背景不同、文化思想也不同的人杂居在一起,总难免有些问题吧!我曾经和一个日本人、一个韩国人、一个美国人共事,大家彼此"熟不拘礼",说话就比较随便了。有一天那韩国同事对美国人说他很讨厌日本人。那日本同事恰巧从外面回来听见了,勃然色变,质问他有何理由讨厌日本人。两人激烈争吵,升高到相约到外动武的程度。自然,这种冲突是有办法平息的,只是那美国青年大惑不解,他说:"如果有人说他讨厌美国人，我不会同他打架。"

有些麻烦出在学校里。我的孩子在高中读书，他们班上有从许多国家来的交换学生。起初，孩子们都是好朋友，可是苏联忽然挥兵侵入阿富汗，那由阿富汗来的少年立即与莫斯科来的同学绝交。上历史课的时候，读课本读到波兰被列强瓜分，由伦敦、由柏林、由莫斯科来的学生都表示异议，说他们的国家一向是帮助波兰的。历史老师问那由波兰来的孩子有何意见，他茫然表示在国内从没听说过这件事。老师赶快说："翻到下一章。波兰的问题，你们留到大学里去解决吧。"

但是，各民族的人仍有其共同相通的地方。我常常告诉人家澳洲一位参议员的夫人回答过一个什么样的问题。那是很久很久以前的事了，我在广播电台制作节目，这位夫人环游世界后经过台北，我拟了几个问题，把她请到节目里来，由王玫小姐发问，在场担任口译的，是后来声名鼎盛的熊玠博士。有一个问题是："您这次遍游世界各地，观察了各民族的不同生活方式，有哪些事情给你留下最深刻的印象？"我的本意是希望她谈一点奇风异俗。谁知这位夫人不同凡俗，她说："我不注意他们不同的地方，我注意他们相同的地方。我发现，不论是哪个民族，他们做父母的都爱孩子，他们做妻子的都爱丈夫，他们希望他们所爱的人幸福，因此，他们都希望家庭生活改善，子女上进，希望世界安定和平。"这番话我至今不忘，而且多年来反复引述。在纽约，我们可以具体而微地看见这种共同的愿望，我想，正是这种共同的愿望，把不同肤色、不同历史背景、不同文化意识的人结合成一个大纽约。

纽约有那么多摩天大楼，有和大楼一样多的资本家，但是纽约也有数不清的平凡微小然而知足的人，只要自己能按时领到薪水，只要子女能按时摄取足够的蛋白质和维他命。这两个"只要"，在纽约是理所当然的不成问题，但是在世界上有些地方可不行。我认识一个人，他从物质十分匮乏的地方来到纽约，头一次进超级市场时魂魄几乎出窍，怎么有这么多可以吃的东西！他说一天吃一种，这辈子也吃不完！接着他发现怎么有这么多的学校！这么多的图书馆，这么多"事求人"的广告！不错，纽约也有那么多不良帮派，那么多色情电影和大麻烟，但是，他知道那是他必冒的风险，任何事情都有风险是不是？如果他牢守故园，不是也有许多风险要冒吗？胜算不是比在纽约还要小吗？——我敢说，这个人的想法是有代表性的，"非我族类"，其心约略相同。它正是纽约无形的"纽"，纽约人无声的"约"。

有时候我会多想一些。"人活着不是单靠食物"，纽约之"纽"，纽约之"约"，应该在牛奶面包失业保险之上还有抽象的一个层次。每个民族都有他们"天柱赖以立，地维赖以尊"的东西，可是他们来到纽约，那些东西全得丢开，或者只能关起门来当做个人隐私办理，一旦放之五岛（纽约由五个岛屿构成），即难免发生"你为什么不喜欢日本人"以及"波兰究竟被瓜分过没有"之类的困惑，有解"纽"毁"约"之虞。究竟有没有各色人等都能信奉的共同上帝呢？

如果没有，此纽此约岂非太脆弱了？纽约太大，太复杂，我实在看不透。

他们开店

在纽约,新来乍到的中国人见了面,多半会说:"开个店吧。"

开店之一

我经常从一家照相馆门前经过,看它橱窗玻璃擦得锃亮,摆出来的人像神采飞扬。老板是个大胡子,倒也能斯斯文文地笑。可是不知为什么,照相馆不赚钱。

不赚钱的生意没人做,照相馆终于登报出让,接手的是个中国人。已过中年了,朝气勇气所余无多,以如此心情来接一个生意清淡的店,我不免为他担忧。只见他把"艺术人像"的招牌取下来,改成"家庭摄影";只见他把旧店主留下的布景片,什么明湖雪山,什么枫林小屋,全丢在门外路旁等垃圾车运走。此外并不见多大动静。

我每天经过"家庭摄影"匾下,我们总要交谈几句。生意并无起色,他的神情倒也并未比初来时沮丧。就像一片落叶也能激起涟漪,一件小事也能引起议论。有人说,这人志在以投资的名义弄个签证住在美国,开店不过是个幌子。言之成理,不过我看总不像。

现在这家照相馆的老板忙起来了,只见他忽而掀开摄影室的布帘走向柜台,忽而回身钻进布帘后面去,像个布袋戏中的人物。生意是从什么时候好起来的呢?这倒说不清楚,只记得去年二月——应该是中国的农历新年期间,大雪纷飞,人行道上白璧无瑕,只有照相馆门口脚印狼藉,尺码大小不等,想是父母带着孩子。三九寒天压不倒亲人的热情,我这行人为之驻足叹赏良久。自那以后,我和老板清谈的次数逐渐减少了。

今年八月,照相馆铁门紧闭,门上挂着牌子,遍告顾客说他携带家人度假去了。他有了度假的钱，有了度假的需要，也有了度假的心情，在在表示他已经把他的店经营得相当殷实。他为了告白此事特地做了一块牌子，还表示明年还要度假。他对他的未来颇有信心。两个星期以后，铁门重新拉开，一橱窗的全家福个个笑脸迎着灿烂的阳光。老板的样子比以前是健壮了一些，但是也并未流露出什么成就感来。

我说，照相馆以前在老美手中门口连个雀鸟也少见，现在换了中国人当家，竟成旺店，可见什么事情都有秘诀。他叹了一口气说，其实社会上的一般行业哪里还有秘诀，一切都在书本上写得明明白白，只是人们懒得去看。他说他写过一本摄影理论，他在书中坦率指陈人的脸孔是非常丑陋的东西，拍出照片来定难使当事人满意。所以，几乎人人都要抱怨摄影师。可是，人的亲情爱心对视觉发生不可思议的影响，不但情人眼里出西施，老乌鸦也认为世上最可爱的小鸟乃是它巢中的雏。他找出那本书来，"扑籁籁"翻来翻去，那是一本很厚的书，布面精装，金光闪闪。他说，他在书中早就说过，人对全家福之类的照片不甚挑剔，照相馆赚这些人的钱最容易。这何尝有什么秘密？何尝有什么秘密？他干脆合上书本，用中指的骨节"梆梆"地敲响封面。

仿佛是，只有那本书能够使他兴奋，但是那样厚的一本专门著作使我望而却步。我要求参观他的摄影室。他打开了灯。灯光从不同的方向投射到后墙上。整面墙是两扇旧日深宅的大门，兽头衔着铜环，门上布满三角铆钉。当然，这门只是一张放大了几十倍的照片。我的天！我几乎想去摸那些光滑冰凉的铜菌。我站在原地垂手未动，手心里有又痒又充实的感觉，好像我已经摸到了。只有老板自己知道一共有多少中国人的家庭坐在这里和那门那梦凝结在一起。这些第十三生肖的中国人，衷心希望他们刚刚从那门里走出来，或者日后能一齐走进那门里去。什么明湖雪山、枫林别墅，怎能跟这两扇大门竞争！……老板还在谈他的书，我却一句也未曾听见。

开店之二

她是一个小歌星,还没有成名,不能在电视节目中独当一面,经常和三四个人一同唱唱跳跳。特写镜头倒不少,留给观众的印象并不模糊,尤其是引吭长吟,嗫着艳红油亮的厚唇缓缓吐气的时候。

这就足以在人海中掀起一些波澜。她特别爱吃中国菜,每逢看见报上说本市市长是中国餐馆的常客,就梦想有一天由此人同桌点菜。不知不觉,她有了一个习惯,走进餐馆以后扫视全场,看看有什么类似市长的人物没有。

她常去的一家馆子叫山海楼。室内装潢以景泰蓝为主调,景泰蓝是她喜欢的颜色。都是小方桌,宽宽松松地摆着,不必侧着身子穿进穿出,也不用忍受大圆桌凌人的气势。这就显得潇洒。她喜欢糖醋排骨,如果有同伴,她就提议加一条全鱼,带头带尾,并且向同伴炫耀说,鱼头一旦砍掉,就不能算是地道的中国菜了。她由筷子的起源，说到南美有个江洋大盗受刑将死，狱卒问他在世有何最后的心愿，大盗喟然叹曰想再吃一顿中国菜。她是南美移民的后代，市长也是，江洋大盗的故事据说是市长在社交的圈子里首先讲出来的。她爱转述这个故事，它是她和市长之间唯一的也是特殊的联系。

她上山海楼的次数越来越多了，她发现，这里的侍者比别处殷勤，收费比别处便宜，而菜的色香味竟也如此之好！大快朵颐之外，那种精明的感觉，准专家的感觉，是别的餐馆不能培育的。当初，山海楼的老板，那个能从石缝里看出生意经来的商人，一眼认出了她。他决定把她当做一个特别的顾客，指定最灵秀的侍者上前接待，通知大厨亲手掌勺，结账时又悄悄地打了折扣。每次，她来进餐的时候，山海楼的侍者和顾客之间展开耳语运动，众人眉眼相望，传告谁是她她是谁，她在一杯盈盈的红酒之旁以眼角余光收揽四集的视线，秘密享受众人的注意。散乱的视线交叉搭起一座架子把她高高地举起来。这种愉快也是别的餐馆不能提供的。

　　小歌星上电视的机会比以前多起来,那噘起来的红唇成为一个诱人的商标,你如果到山海楼吃晚饭,可能当面看见她抽烟,噘着嘴唇吐那如绢如绸的一缕。山海楼的生意也好起来。世上总有许多人,为极不相干的事由所左右。也许他们认为菜色彼此差不多,附加的视觉享受使天平的一端下坠。也许有人觉得屋顶之下有星是一种新经验。总之,山海楼加了一些桌子。又加了一些桌子。山海楼拥挤起来,也得侧着身子走路了。你去了不一定能看见那里。但是你一定能吃到好菜,总算不虚此行。而且,对某些人,连"某某曾经来过此地"也有号召力。所以,山海楼准定要发了,要发了。

　　山海楼对面有人搭起招牌,写着"玉润园"。又是一家餐馆。这些年开餐馆的人多,中国餐馆的生意美国人抢不去,科技发明淘汰不了,经济衰退的影响也不大。那家伙倒会赶热闹,朝着这里地气旺,来赚山海楼赚不完的钱。新店开张例有一番喜气,鞭炮的硝烟也曾扑上山海楼的玻璃长窗，气派嘛，"玉润园"三个字到底抵不上山海楼磅礴。所以嘛，生意平平，平平。可是，令山海楼员工睁大眼睛不能相信的是，那歌星竟越过他们的老店，推开玉润园匾下的朱红大门，进去了，而且，以后再也没有回来坐她那张坐惯了的桌子了。

事情不难弄清楚，玉润园替女歌星隔出一个小小的房间来供她专用。她现在比以前红了，能在镜头前面单独唱一支歌了，常有很体面的绅士邀她上馆子，她正嫌山海楼太挤。玉润园的谋士定出奇计，存心看它山崩海啸楼坍。山海楼老板跌足长叹："太可惜了！用三夹板把她围起来，她还能招徕顾客吗，隔一个房间要拆掉多少座位啊，何苦呢？何苦呢？"

任何一行都有人以传播闲言碎语为副业。玉润园的老板听了微微一笑："我只是要搞垮他。"

这话传回来，山海楼的老板恨恨地说："这是为什么呢？我们无冤无仇！美国地方大得很，你看人家韩国人，绝不在同一条街上开两家水果店，人家避免自相残杀!"

话又传过去,这次,玉润园老板只是微笑。

开店之三

那老头儿躺在地上,尽情地望着天花板,两腿毫无忌惮地岔开,朝着门口。他一生从没有这样放肆过。

血从他身子底下穿透崭新的西服流到水泥磨石子的地上来,流得很慢,却很险恶。它想找个缝隙钻下去,可是地是如此光滑、坚硬、平坦,无路可通。这个流浪至死的中国人,连他流出来的血也没个归宿。

五分钟前,一个黑皮肤白眼球的大孩子冲进酒店,拔出手枪指着他,没命地喊叫:"把钱拿出来!把钱拿出来!"这是完全没有必要的,他并不是聋子。

他听不懂英语,转身去找酒店的老板,那小强盗就迫不及待地朝他开了两枪。这也完全没有必要,他根本没有意思反抗。

就在此时,挂在墙上的自鸣钟忽然打开一扇小门,送出一只小鸟来"咕咕"地报时,那个刚刚出道的小劫匪慌忙举起枪来射那只鸟。鸟并没有打死,日光灯却熄灭了,虽然门外光天化日,店里面却有黑暗罩下来。

那匹可怜的小野狼在做了这些事以后,把手枪丢在地上,逃走了。躺在地上的顾客纷纷起身,躺在地上的小老头却从此长眠。他忽然缩小了,看上去,一只狂吠中的狗都要比他大。

两个月前,小老头从报纸的分类广告中看见:

征求店员,不限资历
不需要懂英语

这样的工作可真是凤毛麟角。他居然得到了这份工作。那留着一撮胡子的小老板决定录用他。其间也有惊险,小老板的眉头皱出一把杀子剑来,说是多少总得会两句英语，不能一句都不会。可巧小老头真的不会。那很抱歉，小老板死命地盯着他。他知道该走了，两腿软得离不开椅子。小老板忽然笑了，叫他留下来试试。小老板年轻得很呢，故意留了胡子表示干练严肃，刚才那一笑，把他藏在胡子后面的稚气笑出几分。八成是心软了，恤老怜贫。小老头一点高兴的感觉也没有，心里除了感激，再也留不下别的余地。

　　小老板对小老头说，生意人应该穿得体面些，买套西服吧。没有钱？我借给你。没有车？我送你去。到底是年轻人纯洁善良。穿上新西装如大将披挂整齐，全身陡增许多重量。每天的工作是什么呢？站在酒店里走走看看，看顾客偷东西了没有，看收银员偷钱了没有。柜台后面有小门通密室，老板多半躲在里头看账单，敲计算机，打电话，前面等于交给了他。小老板说得好，店里的黑鬼白鬼都靠不住，还是中国人自己贴心。他的心怦然，唯恐自己罩不住，谁知黑鬼白鬼对他都客客气气龇牙咧嘴。果然，不会英语没有关系,他不必说一句话,每个店员都把工作做得很好。人要衣装,走遍天下都是只重衣裳不重人!一套新西装竟有如许魔力!

可是新西装不能挡子弹。——打开天窗说,是这套衣服招来了子弹,做了他的殓衣。

小老板对所有的人说,小老头才是真正的老板。——当然是用英语。

小老板一面打电话报警,一面暗自庆幸他的设计完全成功。人人警告他不可在此地卖酒,骂他要钱不要命。其实入虎穴取虎子,钱也要命也要,约莫赚个三五年,就可以另创一个小局面。

人有旦夕祸福,他得再找一块挡箭牌,要新来的老头儿,完全不懂英语。

开店之四

汪远去买餐馆,我陪着。卖主眼睛里闪烁着惊魂:"我对中国人说实话,这个馆子的生意还过得去,只是一个月内被人连抢五次,这口气实在憋不住了。"汪远面无表情,卖主担心他没听清楚,重说一遍。

汪远的身材相当魁梧,他发过牢骚:"个子大,人家问你是不是韩国人,个子小,人家问你是不是日本人,他妈的,咱们中国没有人了?"说也凑巧,他的合伙人短小精悍,上台演日本人不用化妆。

还有个厨师是大胖子,我没见过,直觉认为厨师应该胖。三个人的外形不同,胆子却一样大。开张那天,我送了个花篮,为了订花篮,打听餐馆的名称,才知道叫"双照食府",十分意外。"双照"典出杜诗,本来雅致,可惜汪精卫有过双照楼,污染了。汪远为什么从四万多个中国字里单单挑选了这两个?莫非他和汪精卫有亲族关系吗?

从这一天起,每逢看见报纸记载某处发生抢案,就担心双照食府出事,果有一天爆出了头条新闻。报上说,两个冒失鬼拿着手枪抢劫,大胖子厨师先开枪自卫,一场枪战下来,两个行劫的家伙全死了。报上说,双照食府是个小小的外卖店,不料小店的厨师有此大手笔。既然出了这等大事,我得去给汪远压惊,顺便看看那厨师是何等人物。

双照食府使我联想到平放的火柴盒子。内部一个柜台把屋子从三分之一的地方隔断,外面摆几张桌子,里头就是厨房。厨房的装置是:一排锅灶、一排放食品和餐具的架子,都和柜台成直角排列。我是在快要打烊的时候赶到的,柜台和食品架子外面的铝皮泛着冷光,森然如作战的防御工事。大师傅的确够胖,体积几乎比另一个合伙人超过一倍,以他的宽度,被子弹射中的机会大概比别人要多一些,可是他毫发无损,悠然自得。

汪远说,他们在开店之前决定抵抗劫匪,就用柜台切断内外,根本没有留下出口入口。柜台是特别订制的,加高加宽,底下全空,可以当坑道使用。厨房里的两个食品架子也是特制的,铝皮里面藏着钢板,靠内的一边钉个小盒子,里头放一把实弹的手枪。他们早就演习好了,不出事则已,一旦有事,站在柜台旁边的小个子向下一缩,进了坑道,站在锅灶旁边的老汪和大胖子退后一步,取出武器,食品架就是掩体。这时,从劫匪的角度看,这三个人都不见了,从汪远他们的角度看,劫匪无异于钻进了他们的枪膛。

"你这门子设计真绝!"我说。

"不绝哪儿能行!"他说。

他还说了一些别的事。他们三人是一块儿退伍的生死伙伴,起初,三个小伙子的外形差不多,后来越长分别越大,始终还是一条心。他说胖子的手枪射击得过金牌。最后,他说,咱们中国人是讲究武林道义的。我早早警告过他们了,我有枪。

一边说,一边带我去看玻璃大门,门上赫然贴着两张枪照,蓝色的图牌,中间一只展翼的老鹰,原来这就是"双照",跟杜甫跟汪精卫都没有关系。

(文中人物纯属虚构)

母子们

——虽然事有必至,还是不要完全拆穿比较好。先知是常常要坐牢、受刑,甚至死于非命的。

母:机票都收好了?

子:收好了。

母:我的护照在不在你那儿?

子:在我这儿。

母:行李我也收拾好了。你还有什么要办的事情没有?

子:没……有。

母:这两天,我看你一直提不起放不下的样子,你有什么话,尽管讲出来。你跟妈,还有什么话不能说?是不是你缺钱用?

子：不是，不是钱的问题。

母：有什么问题，别瞒着妈。

子：妈，美国有美国的风俗习惯，您得入境随俗。

母：我去你们家，不过是客厅到厨房，厨房到客厅，跟他们风俗习惯有什么相干？

子：媳妇是美国人，您老人家可得多担待。

母：哦，她呀，她怎么样？

子：比方说，您进屋要先敲门。

母：你是我生出来的，还怕我看见你吗？

子：我是说媳妇。

母：她不也是女人吗？

子：妈，这就是风俗习惯的问题。

母：既然是这样，你们为什么不把卧房的房门闩起来？

子：美国住家的房子，卧室的房门是没有闩也没有锁的。

母：回去你把门闩装上。

子：……

母：你们在卧房里的时候，把房门闩好。

子：……

母：还有别的吗？

子：媳妇不会做中国菜，她弄的饭啊、菜啊，您可千万别嫌不对胃口。美国食物又干净、又营养，就是滋味差一点。

母：她不会做菜，我会。我做给你们吃。

子：做中国菜油烟太大，房子容易脏。

母：你们不炒菜吗？

子：美国食物多半是冷的，再不就是烤呀，蒸呀，煮呀。

母：蒸的煮的，哪有炒的香！

子：您可别炒辣椒。媳妇常说，厨房里一炒辣椒，她气管发炎，窗帘上全是辣味，洗都洗不掉。

母：你不是最喜欢吃辣子鸡丁吗？

子：还有豆瓣鱼。

母：你常说，辣椒炒鸡蛋，辣死不投降。

子：可是我在美国多年不吃辣椒了。

母：可怜的孩子！

子：妈，到了美国，您就别吃剩菜了。

母：剩菜有什么不好？我们家买大冰箱，不就是为了吃剩菜吗？不吃剩菜，怎能存钱供你们上学？

子：现在不能再那么俭省。

母：剩菜不吃，放在哪里？

子：倒掉。

母：鱼、肉也倒掉？

子：美国人都是倒掉。

母：好好的菜倒掉，可是伤德哪！

子：妈！

母：这样糟蹋东西，下一辈子要饿死的！

子：您老人家不必动手，我来倒掉。

母：我也不许你倒。

子：啊？

母：我还希望你积点寿呢。要倒，请"她"去倒。

子：妈！

母：算了，媳妇怎么样，我不管。我这次是去看孙子。

子：您的孙子是很可爱的！

母：可不是？照片在那儿，人人百看不厌。

子：可爱是可爱，您可不能搂着他睡觉。

母：为什么？

子：他自己睡一个房间，我们要训练他独立。

母：他才多大呀，你们好狠心！

子：您可不能从自己嘴里抠出一块糖来，塞进他的嘴里。

母：你小的时候，我不是这样喂你的吗？你不是长得这么高，这么大，当上博士了吗？

子：妈，我说过，媳妇是美国人！

母：美国人怎么样？不许奶奶疼孙子吗？

子：奶奶要是太疼孙子，孙子就依赖奶奶，不能独立。

母：这话我不信。

子：奶奶要是太疼孙子，孙子就爱奶奶，不爱妈妈,做妈妈的当然难过。

母:这从哪里说起!我活了一大把年纪,第一次听见!

子:妈,您不知道,在他们白种人看来,咱们这种皮肤的颜色,好像总是没洗干净。一旦上了年纪,由于内分泌的关系,更好像是很脏。老年人逗一逗孩子,亲亲孩子,他们都挺不乐意。您见了别人家孩子,更是保持距离才好。

母:越说越不像话,简直放屁!

子:我是实话实说。

母:你把我的那张机票退了吧,我不去了。

子:那怎么行?我这次回来,就是要接您老人家!

母:算了。

子:您本来不是很高兴吗?去看孙子呀。

母:现在我不想去了。

子:为什么?妈,为什么?

母:我觉得……我已经去过了。

——人情评论家如是说：还是让老太太自己零零碎碎发现，零零碎碎地伤心吧！此等事，长痛胜于短痛也。

手相

"专看手相,初谈免费"。朋友指着楼下的红纸条子告诉我,二楼有个半仙,灵验得很。我很怀疑人的一生休咎怎会写在掌上。朋友一面看自己的手一面说:"手相一定有道理,我来到美国以后,掌纹忽然增多了。"

不久听到一个故事。有一位老小姐登楼看相,相士开门见山第一句话是:"恭喜你,你快要结婚了。"这就是所谓初谈,这一句是免费的。老小姐担心:"婚后的生活有没有波折?"要他答复这个问题,你得交三十块钱。

谈到将来,相士告诉她命中有四个儿子。她把手抽回去。"不对吧,医生断定我不能生育。"相士再把她的手要回来,仔细看了,坦然作结:"你会有四个儿子。"

老小姐认为这是不可能的。然而故事的结尾是,她结婚了,自己虽无所出,却是四个孩子的后母。这个故事使一些在"专看手相,初谈免费"的红纸条子旁边经过的人,仰看二楼有景仰崇拜之心。朋友屡次数着自己的手纹约我一同去看相,我也答应了,彼此却始终不曾实行。

一天,"专看手相"的红纸条子换了新的,"初谈免费"之外加上一行:"二十岁以下半价。"传闻这天相士喟然叹曰:"人在年轻的时候应该算算自己的命运,偏偏不来;中年人老年人不必再患得患失,却偏偏要来。"这话在词句上也许有传闻之误,但是总使把双十年华远抛在后的人不悦。我想三十块钱将留在我们的口袋里,相士将剔出我的记忆档案之外了。

世事确实难料。几个月后,报上有个小消息,那相士给一个青年看相,称赞他有财运,忽见对方脸上有诡异的笑容。那青年非常沉着地掏出手枪来。

他失去了抽屉里的钱,口袋里的皮夹子。报馆记者闻风而至,问他报案也未,他连连摇手:"我看过他的手相,他没有牢狱之灾。不必报案,警察抓不到他。"

他对新闻记者说:"拜托你在报上添一笔,我很想再看看他的手。他的手相极好,可以说百年不遇,万中选一。"

朋友打电话来:"你看人家果然不俗!"

这相士,我又有些忘不掉他。

胸像

如果安放在纪念馆里的胸像忽然说话,定是你永生难忘的经验。回忆起来,那天的事几乎就是如此。

夏季常有这样的好天气,气温七十五华氏度,浮云蔽日,海风习习,扛个木架摆在路旁做小生意的人都出来了。有个中国人占了一小段地方,架起他替丘吉尔画的像,他替玛丽莲·梦露画的像,打开一把椅子。你如果坐上他的椅子,他就替你画一张,使你感觉足与丘翁玛姐并列。

起初,我没有看见那画家,也没看见丘吉尔和梦露,我的注意力全被一尊胸像吸引住。当然,我是说令我立即联想到胸像的一个人。他的两臂,在我们的T恤所及的地方截去。大腿,除去和臀部相连的部位,也就所余无几了。他大概是在一次大手术后变成这般模样。但他完全没有憔悴,完全没有消沉,死去活来的大手术并未断丧他的元气和信心。他还年轻,不但胸部肌肉结实,脸上眼里也流露锐气。

他坐在那里被画。他是坐在自己的轮椅上。那中国画家认真工作,一言不发。一个腰短腿长的美国佬,裤带歪在肚皮上,在旁跟被画的人说话。那"胸像"的眼珠在动,胸肌在微微起伏,嘴唇开合,语调清朗流利。那作画的人一言不发,只是抬眼低眉,手不停地挥动,眼镜的镜片闪闪,纸上的铅笔苏苏。不久,他们就有了小小一圈观众和听众。行人若非特别匆忙,不能不停下来看铜像怎样离开大理石的基座,现身街头成为血肉之躯。

失去四肢的青年毫不介意有人看他,他既未兴奋,也不自卑,倒是作画的人有些紧张起来。他正在仔细描绘残缺的部分,他好像为自己的残忍有些不安。说不定还因为他所画的并非丘吉尔而略感羞惭。被画的人频频以自己勃勃的兴致感染他,"你画的是全身吗?""是,全身。""对,我要全身,要你把我所有的肌肉都画上去!"我的天!所有的肌肉!

  他画得真不坏。他拿着画像让他的顾客欣赏了,折叠起来,放进轮椅上的一个袋子里。他依照顾客的指示,颤抖着,从那完好的胸脯上取出钱来。然后,那青年用牙齿操纵一个特制的开关,开动轮椅,梦一般地消逝在秋风里。

人猿

深秋的阳光明亮而犹有余温，冬的压力，轻轻地，从遥远处，向大地挨近。这季节，也许是人心最柔软的时候罢！一个脏老头儿坐在马路旁边向行人讨钱。

那老头儿，总有两年不曾剪发洗头了吧，头发昼夜摩擦衣领，刷上很厚的污垢。脸上，那足以和头发相称的胡子，也把胸前的衬衣染黑了，前后连接成一张软枷。油腻的流汁从此沿着夹克上的纤维向下侵蚀，直到尽头，几乎要从那一线堤防上溃决。

人家说，头发里的油垢是生命力的表象。这老头儿的生命力都在什么地方消耗掉了？为什么不把自己弄干净一点？整个夏天，用自来水是不必花钱的。

如今，他坐在路旁的消防栓上，那不是一个人类能够坐稳的地方。他有一顶尚未变形的帽子,这是很重要的道具,在大厦门前的水泥地上睡眠的时候,他用帽子盖住脸孔,现在,他望着身旁的行人,从头上摘下帽子,举在空中,谄媚地笑着,转动脖子,期待施舍。

行人很多,没有谁注意他。美国的乞丐大都给人一种可畏的感觉,他们有尊严,令人联想到赤脚的人不怕穿鞋的人。这老头儿完全不同。也许他的身材太小了。没人瞧他,只有他努力地、充满诚意地注视别人。他注意每一个人,朝他摘下帽子,从胡须的缝隙里放射笑意,目迎目送。一个希望破灭之后,耸一耸肩膀是另一个希望。他不停地摘帽戴帽不停地耸肩,动作完全机械化。这种动作不像是人的动作。

不管如何,他是诚心诚意地做下去,这里面有他盎然的生命力,直到一个母亲带着一个小孩经过。自"国王的新衣"以来,世上有多少事情坏在孩子的一张嘴上。

母亲拖着孩子快走,孩子却迟疑、留恋,不肯马上离开插在消防栓上的这个怪物。他用孩子特有的清朗的高音问:"妈,它是不是一只猴子?"

帽子停在空中,笑容僵在脸上,目光打落在地上。

他奋然起立,戴上帽子,拉一拉夹克,吓跑了母子。其实他不曾把那母子俩放在心上,他朝百货公司走去。

他不会是去买东西吧?不会。他是去找一面镜子。

茶话

茶是乌龙茶,话是电话。此间风习,暇日造访,促膝清谈,非唯不易,亦为宾主所不喜。幸电话普遍,每家至少一机,拨号聊天,胜于约会,凡饮茶之习惯未改,电话之使用已惯者,每以乌龙一杯,润喉助兴,曲终人不见,而"茶烟"袅袅未歇,亦别有景观也。

他:你喜欢吃炸鸡吗?

她:我本来喜欢炸鸡,昨天忽然倒了胃口。

他:怎么啦?

她:我们家附近新开了一家炸鸡店,你猜他们怎么做广告?你猜?

他:广告企划是专门学问,花样比牛毛多,怎么猜得出?

她：他们雇了一个人，装扮成一只大公鸡，挨家挨户送传单，一大群小孩子跟在后面看。怎么会有这么多小孩子！人家不是说美国人不肯要孩子吗？

他：一个人如何装扮成一只鸡呢？

她：他是用塑料照着公鸡的样子做了个外壳披在人的身上，也可以说是把人装在里面。

他：做得像不像？

她：很像，可以说是一件很好的工艺品，鸡冠能摇摆，鸡尾巴的羽毛能在风里飘动，脖子、胸膛，都好像充满了弹性，连两条腿都加上装饰，使人联想到鸡腿。

他：这只广告鸡一定很高大。

她：可以说是一个鸡王、鸡精。

他：美国的住宅区有草有树，以绿色为主，忽然出现了一只光彩夺目的大公鸡，一定很好看。

她：可不是？所以才吸引了那么多的孩子。

他：这有什么不对？怎么会影响你的胃口？

她：人开炸鸡店，对鸡来说，是一件很残忍的事情，对吧？

他：嗯哼。

她：不管鸡王也好，鸡精也好，总是鸡中之佼佼者。这种出类拔萃的鸡，亲自挨家散发九折优待的传单，劝我们去吃他的同类，去吃他的子民，你恶心不恶心？

他：嗯哼。

她：还有，这只广告鸡的脖子上开了一个洞，让里头的那个广告人看路，那个洞正好开在杀鸡下刀的尺寸上，他就好像刚刚挨了一刀，还没有断气。他自己挨了刀，还要替手里拿刀的人出力卖命！

他：我的小姐，我不劝你吃炸鸡，我要劝你，你在美国生活，不可以如此多愁善感。

她：啊？

他：不可以如此自作多情！

她：废话！

他：你该去看看炸鸡店的生意怎么样。

她：生意很好，满座。

他：这就证明老板做的广告有效果。广告鸡的构想很好。你想想看，如果他不出动一只广告鸡，而是出动一只广告牛，能让人家去吃炸鸡吗？

她：不能。

他：如果他出动一只广告狗，他能叫人家去吃炸鸡吗？

她：不能。

他：设计广告的人知道，你若要残害某些动物，必须利用那群动物中的杰出之士作媒介工具，才有成功的把握。你要接受这个事实，欣赏这个事实。

她：要我像那些小孩子吗？

他：对了！耶稣说，人若不变成小孩子，不能进天国，我现在改一个字：人若不变成小孩子，不能进美国。

她：你是说，美国是儿童的天堂？

他：我没有那样说。

她：我看哪，美国的小孩子挺可怜的，下午三点钟，学校放学，他们的父母还没有下班，就算是冰天雪地，也得自己回家。回到家里一个人看电视，故意把电视机的声音开得很大，在他门口经过都听得见。

他：这就是著名的"钥匙儿童"啊！

她：钥匙儿童？

他：钥匙儿童，没听说过吗？

她：什么叫钥匙儿童？

他：有些孩子，父母都在外面工作，孩子放学回家的时候，做父母的还没有下班，这些孩子，每天脖子上挂着钥匙去上学。

她：这就奇怪了，我常常看见孩子背着书包坐在自家门前发呆，既然脖子上有钥匙，为什么不开门进去呢？

他：有些孩子的父母对孩子说，如果天气不冷，你坐在门口等我回家，比单独关在屋子里要安全一些。

她：哪有这个道理？

他：孩子在外面不会玩火，有邻居有行人可以看见，坏人比较有顾忌。这话也有它的道理。

她：有时候，我看着不忍，很想把那些孩子带到家里来吃点儿喝点儿。

他：不行，你不能那样做。

她：为什么不行？

他：当然有理由，不过，这个理由不说出来最好。

她：干吗这么神秘？

他：我一说出来，你会认为我这人太无情、太现实了。

她：那怎么会？我该感谢你才对。

他：好吧。如果你把孩子领到你们家里来，你给他们点心吃，孩子晚上忽然拉肚子，好啦，他们的父母可能跟律师商量要你负责任。

她：啊？

他：如果你把孩子领进来，这孩子到你们后院去玩秋千，从秋千架上跌下来，摔伤了，他的父母马上可以告你。

她：啊！

他：中国人来到美国，逐渐丧失了原有的美德，实在是美国的典章制度使然。例如有人要借咱们家的汽车，纵是至亲好友也不能答应，因为保险公司不答应，他开出去闯了祸，保险公司不赔，要我们自己赔，我们倾家荡产也赔不起。保险公司绝不会说，你这中国人帮朋友的忙，够义气，肯把自己的车子借出去，奖励奖励你，表扬表扬你。

她：这，我实在没有想到。这太无情了。

他：你说谁无情？

她：我是说保险公司。

他：无情的何止保险公司？如果你的父亲从台北来观光，如果你招待他住在家里，如果他常常打电话回台北，你家的电话费……

她：这没有问题，打电话的人会付电话费给我。

他：打电话的人认为，我连电话费都付了，总算替你想得很周到了吧？他哪里晓得，国税局可能有一天忽然查你的税。

她：他干吗要查我的税？

他：他起了疑心，他发现你一年打了四千块钱的电话，电话费在总支出里占的比例太高，不合美国的常情常理。一年电话费的支出是四千元，一年的收入就不应该只有一万二千元。他以为你隐瞒了你的收入。

她：电话是亲友打的呀。

他：他要你举证。

她：这么啰嗦！这真是回国千日好，出国时时难了。

他：我想问你一个问题，你要是不肯答复，我不怪你，不过照中国人的习惯，这个问题不算侵犯你的隐私。

她：你别来美国人的这一套，有话直说。

他：你想家不想家？

她：你是说我在纽约的家？在台中的家？还是在河南开封的家？

他：我总是梦见祖传的那间老屋，屋里的八仙桌上淋淋漓漓的燕子屎。你有没有做过这样的梦？

她：从来没有。

他：这种梦是很折磨人的，醒来以后必定胃痛。

她：你干吗要做这种梦呢？就说那张八仙桌，总是四十年前的东西了吧，就算你一直在用，用到今天也差不多报废了。

他：有时候，我会梦见当年第一个女朋友，她在一片平原上朝前走，她走过的地方马上冒出竹笋来，转眼长成一片竹林，魔得很。

她：那位小姐，现在已是儿孙满堂了吧。

他：我也知道做这样的梦很无聊，胃痛更是心腹之疾，不可不防。有人劝我去看心理医生，我不敢。

她：心理医生太贵了。

他：那是万不得已的办法。我的老板如果知道我看过心理医生，可能找个借口把我辞掉。

她：我从来没做过这样的梦。

他：你能不做梦，我很羡慕。有什么秘诀没有？能不能传授一二？

她：我倒想问，有什么理由一定要做这种梦吗？

他：四十年前，离开老家的那一夜，我睡着了，父母用棉被把我包起来送上牛车。照老一辈的说法，我的魂留在家里没有带出来。

她：我跟你不同，我离家是在白天，我的眼睁得很大，对于全家出门远行很兴奋很好奇。我的三魂七魄应该全带出来了。不过这几年我常常跟家里的人通信，我每寄一封信去就是寄出去一小"块"灵魂，收信的人把我的灵魂留下，另外拣一小"块"灵魂寄回来，这样鱼雁往返的结果，我就像是一部旧车，外壳还在，里头是机器零件都换了杂牌了。（笑）

他：这么说，我们都是丧失灵魂的人。人该怎样才能保全自己的灵魂呢？……该做些什么呢？……

她：你这才是多愁善感，自寻烦恼。我不想这些，这一阵子，我心里盘算的是家具。

他：对了，我记得你说过你需要添一点家具。我可以提一个建议吗？

她：你又来美国人的这一套了。

他：告诉你，我捡到了一个木柜。

她：真的？从哪里捡到的？

他：前天夜晚，月亮很好，我出来踏月，远远望见路旁有个方方正正的东西，我想，也许是个木柜吧？走过去一看，果然。

她：你就找人把它抬回来了。

他：还没有这么顺利。有一个意大利人也看到了这个木柜，跟我同时来到柜子旁边。他对那个柜子也很满意，就大言不惭地说："这是我需要的东西。"一面说，一面伸出手来想跟我握手。

她：他是什么意思？

他：我问他什么意思，他说："你是中国人，我知道中国人一定不跟我争。"

她：哈！这是恭维，还是藐视？

他：我听了冒火，就不客气地告诉他，我这个中国人不同，我不让。

她：对！不让！

他：他和我都是小个子，他一个人的力气不够，估量我也半斤八两，就很大方地说："你如果搬得动，你就拿去。"他看准我的家远，他的家近，如果都回家去找帮手，他一定占先。可是我一弯腰，"哼"地一声，就把木柜扛起来了。这小子大概不知道中国人是造万里长城的！

她：痛快！痛快！不过你可别累着。

他：倒是有个小插曲：我扛着木柜往回走，恰好警车巡逻到这里，他们把车子开得很慢，跟我并排走，好好地观察一番，才扬长去了。

她：你不说，我还不好意思说呢。我最近也捡到一张书桌，做得非常工整细致，存心到市场上去买，未必能买得到这样的货色。人家活生生地把它丢了。

他：他们为什么不要了？

她：桌子摆在安全岛上，当然是等垃圾车来运走的表示。可是左看右看实在不像垃圾。我唯恐判断错误，闹成笑话，就去按那户人家的门铃，探问究竟。

那老夫妇俩竭力鼓励我把桌子搬走,他们说,那是儿子的书桌,而今儿子大学毕业,远走高飞,桌子成了无用之物,今后如能有一个像我这样的新主人,是桌子的幸运。

他:老两口儿倒是很会说话!

她:那张桌子,要我自己搬回家去,也不容易。我见他们家中有个年轻人,就说:"你帮我抬桌子,我付你两块钱。"那年轻人说:"你付我三块,我开车送你!"

他:这也很痛快!

她:美国人真舍得丢东西。他们的房子不大,又要讲求布置,只有把目前不需要的东西丢掉。中国人节俭惯了,一向主张将就——人家讲究,咱们将就——正好你丢我捡。我想,辅导新移民在美国安家,要有人劝他们出来捡家具,要帮他们出来捡家具。

他:有一种特别大的垃圾车,专门收拾体积大的废物。这种车出动有特定的日期和路线。他们有所谓工作日历。我去想办法弄一份日历来,算准日期,比他们早到一步,我们拣剩下的东西才是他的。下个月,我有朋友全家迁到这里来,他们的家具,我可以包办。我开车带他兜风,带他们看社区风景,帮他们熟悉环境,替他们省下买家具的钱。

她:这是一举四得。但愿他们能拉得下脸来,不要恼羞成怒才好。

他:我想不会。我觉得现在的中国人,比起上一代来实际得多了。

如是我见

1

老太太的头发全白,还梳理得很齐整。自己知道个子矮,挺直了身子站,是个到老不弯腰的小妇人。

少年戴近视眼镜,捧一本英文字典。仿佛是迁就这两样东西,少年的背微微弓起来。他紧紧跟在老太太后面,随着她的手势转。

进地下车站,老太太东张西望,发现墙上的指示牌,伸手一指:"这是个什么字?快查!"流露着老年人不该有的机警和奋勇。少年人也慌忙打开字典,把鼻尖插进去。

老太太兴致盎然地等候结果。

"这是叫我们不要乱丢垃圾。"少年人把鼻尖抽出来。

"我们不乱丢垃圾。"老太太的口吻很自负,"到这边来!"老太太转脸发现了另一个目标。

候车的人都以好奇的目光看这一老一小。并没有什么奥秘,老太太只认得一个字:No。她一看到这个字,就想知道后面的字是什么。

"犯病的东西不吃,犯法的事情不做,"她对那少年人重复已不知说过多少遍的叮嘱,"人家准许你做的事,你不做,倒没有什么关系;人家不准你做的事,你要是做了,那可不行!"老太太特别把 No 放在心上是有理由的。

她的孙子,那苍白的少年,似懂非懂。

车来了,乘客争先恐后,老太太没忘记叮嘱孙子:"记住,看见中国字就下车!"

2

唐人街永远有那么多人。我是说上午十一点以后，下午四点以前，饶有"日中为市"的古风。

人心不古，个个一脸戒备的神色。

祖宗留传下来的礼貌：如果你听不懂对方的话，你就点头微笑了事。有人经过时报广场，遇见警察问话，他照老规矩微笑敷衍，立即被带到警局。很不幸，警察是问他看见一个某种模样的抢匪没有。

现在这些不通英语的人行色匆匆，脸部线条僵直。习惯成自然，纵然学会了英语也不改。也不必改，有人在唐人街遇见一张似曾相识的面孔，不觉点头一笑，岂料那人穷缠不舍，破费了二十元才打发掉。

可是老太太没见过"不可点头微笑"的指示牌，她站在街头想跟过路人借个光，没开口先摆个笑脸，不等她说话，人家早昂然侧身而过。

她想了想，叫孙子出面，年轻人面子大。谁料人家在五步之外看见她孙子一副守株待兔的架势，拐个弯儿先躲了。

祖孙两人惘然。

我上前，问老太太是不是迷了路。你猜怎么？

她微微一笑,然后板紧面孔,拉着孙子大踏步走开。

3

唐人街的人真多。有人得意,看背影就可以知道;有人失意,听脚步声就可以知道。

有人扛着一头乳猪在人丛中挤着走,乳猪是放了血拔了毛的,白白胖胖,熟睡了的婴儿一般依恋在屠夫肩上。

有人带着真正的婴儿,以爸爸或妈妈的身份。他们的方法真多,直抱着的不算。背在背上也不算,平端在摇篮里的,吊在左右胁下的,捆在乳壕里的,从汽车上连座位一齐取下来扛在肩上的。

有人坐在阴暗的巷子里,天光斜射,眉毛寒霜一般白。

女生在外卖店打工,被油烟熏得发亮。她初来的那天,老板说:"你穿得太多了,明天少穿一点。"她现在穿着短袖、低领口的上衣,尼龙纱做的,用一条金蛇束腰。

那边,地下车入口的石阶上,躺着一个人。用变皱了的草帽盖着脸,两腿微分,裤子和皮鞋一样黑也一样脏。也许是阳光太温暖了,在那样坎坷不平的地方,他竟然躺得十分舒服,使我想起战场上摆脱了一切辛劳和危险的遗尸。他的左手的拇指插在裤袋上,姿势犹如握枪,大红腰带拖在石阶上,正是凝固了的血痕。肚子鼓起来,那是唯有弃尸才有的浮肿。

还有,飘着白发、提着购物袋的老太太。

老太太仰脸看墙上的壁画,她的孙儿也看。

巨大的壁画,一棵枝丫粗壮的大树,树上累累不是花果,是中国人,还有房子,男女老幼中国人撑破了房子,伸出头来。整棵树没有根,头太重,你担心它怎么能站稳。

老太太说,八七水灾的时候,她们村里的人爬上一棵大树避水,幸而树没倒,人也没淹死。

少年人不知道八七水灾,他的字典里没有。

老太太说得津津有味：那夜，水突然把床漂起来，很多人爬上屋顶，但是茅草或编竹做成的屋顶也载着人漂走了，不知道能漂多久，人人心里打寒噤。幸而有那棵大树救人，比电线杆还粗的树枝向四面伸展，就像老天爷给避难的人留下的长板凳。

全村的人有一半上了那棵树。浊流滚滚，推拉着蛇从他们脚下经过。蛇仰起头来看他们。一个老头子的尸体翻过身来，朝他们龇牙。树上的人比这画上的人还多。要是树倒了怎么办。树头太大，像把伞插在地上，伞顶上怎么能堆石头？老天爷既然留了一棵树，救人可要救到底，求菩萨的，求耶稣的，求祖宗的，都有。老太太说，她知道那树倒不了，树顶能遮多大一块天，树根也能盘住多大一块地。

灾难，时过境迁之后，就是人生的调味品。少年人听得悠然入神。

4

小饭馆里,三个女侍踞守财神脚底下的一张方桌,稳坐不动。

女侍甲年长,健谈,新进的女侍乙,正在做她的忠实听众。女侍丙好像也在听,不过她专心要做的事乃是修指甲。

"中国人实在来得太多了,我每隔一两个星期就会忽然碰见一个熟人。我的老上司来了,老邻居也来了,给我证婚的牧师也来了。昨天,我经过大饭店门口,遇见一个人,穿着白制服,两只袖子都卷起来。怎么,这不是当年给我的孩子接生的周大夫吗?一谈,果然是他。你猜他干什么?在大饭店洗碗。"

女侍乙立刻笑了,丙的反应不同,眼睛没离开指尖:"哟,接生和洗碗怎么能连在一起,我不要到大饭店吃饭了。"

一个食客喊了声:"小姐,开水!"三个女郎静

默了一会儿,证明她们是听到了的。可是:

"我天天坐在这里往玻璃窗外头看",女侍甲滔滔不绝,眼光从食客头顶上扫过去。"我在猜,下一个我会看见谁。"

"好好的产科医生,为什么要来洗碗呢?"女侍乙模仿中年人嗟叹的口吻。

这时,老太太在玻璃窗外停下来,朝里张望。少年人随即在她身旁出现,字典好像装进衣袋里去了,手里捧的是中文报纸。

不久,两人在墙外隐没了,没多大工夫又折回来。

女侍甲说:"你们看这一老一小,他们也来!他们来了又能做什么呢!"

女侍甲想了一想:"我爸爸说,从前我爷爷是大地主,给他种田的人,谁家生了孩子,谁家死了人,都有人向他报告。他老人家听说谁家生了孩子,先问是男是女。如果添了个男的,他老人家就说:又来了一个讨饭的!"

这时,那处局促一隅的食客不耐烦了,大声说:"小姐,开水!"

女侍甲应声:"来了。"起身之前,先不慌不忙把要说的话说完:

"我坐在这里,天天看见生面孔。你一看就明白他是新来乍到。这时,我就想起我爷爷说过的那句话:又来了一个讨饭的!"

5

下午三点多,放学的时间,车到某站,涌进来大批背着书包的黑儿童,深深浅浅浓浓淡淡各种程度的黑。那些最黑的女孩,厚唇翻在外面,头发梳成十几条小蛇。

"自然"课的老师说黑色吸收光线,我今天才有实验的机会。黑童们塞进来,车厢里的斜照立刻黯淡了。这些孩子以惊人的精力追逐叫唤,在他们看来,车厢是像球场一样可以纵横驰骋的地方。车在行进中本来就有刺耳的噪音、摇摆和震动。孩子们把这三者都加强了。世界各地的骚动不安好像都压缩到车厢里来了。

一个老人端坐车中，低头看书。他是一个白人，皮肤白头发也白。这个车厢中唯一的白人，早在车中空荡荡的时候就坐在那里。后来，黑童挤满长椅，像砌墙一样把他砌在中间。黑童又在车中走道上追逐打闹，像漩涡一样冲刷他。他只是看他的书。纵然黑童擦着他的膝盖，或是碰到他的肩膀，他也没向旁边瞧一下。

他竟然能在这种环境中手不释卷！——他看的是什么书呢？

白人多半魁梧。这人虽然老了，但依然白得发亮。白的头、白的脸、白的手、白的衬衣、白的书页，他是尽可能地白着。孩子们都还小。他白得有些巍巍然。他想做滔滔黑流中白色的砥柱吗？他白得很冷，很孤独。

他很镇静地读他的书。

那是一本什么书?

不知为了什么,孩子们停止争吵扑打,齐声高唱一支歌。他们是声嘶力竭地唱,龇着牙,扭紧了腰,那坐在长椅上的,随着节拍猛烈地跺脚,把车轮和轨道摩擦的声音压下去,把灰尘扬起来,弄得那满窗阳光成了混浊的雾。他们非常专横地唱着,舞着。他们创造了一个奇异的世界。

这时,那老年的读者抬起头来,合上书本。封面赫然出现:纽约港外的自由女神,高举火炬,火炬的上方大书:"**美国历史**"。这张照片一定是坐在直升飞机上拍的,角度和女神平行。女神留在镜头里的是她的背影,她正在大踏步向前走去,好像要走进书中,又好像要走出镜头之外,一去不返。当初设计这座塑像的艺术家,要女神走进美国人的世界,他希望我们觉得女神迎面而来,渐行渐近。从来没有人导引我接受这样一张相反的照片。因此,我吃了一惊,然后,是无限的怅惘。

6

回程最末一段路要坐公共汽车,119号。凑巧老太太又是同路。

"咱们坐几号车?"老太太看站牌。

"坐119号。"少年人回答。

"这里不是119号上车的地方!"

老太太指着通红的No 119,十分自信。

"这里就是。"少年人也不怀疑。

"怎么会?你查查字典。"

"不用查,你看,车来了!"不远处,车醉汉一样摇摆着,果然额头亮出119。

"奇怪!"老太太不明白为何No这个符号背叛了她。

车上有一个人,面貌酷肖耶稣,可是他不穿上衣,胸前背后刺着某种爬虫的鳞纹,刺出下等动物的腥冷黏湿。可是他的长相实在像耶稣。

另外两个大学生模样的男孩子,放着座位不坐,站在走道上,为的是展示他们反叛的精神:他们把睡衣穿在西装外面。皮鞋是上等货色,却光着脚没有袜子。

最后上来一个汉子,朝着老人和残障者专用的座位重重地坐下,朝"不准吸烟"的牌子喷烟圈儿。

"唉!今天好累!"老太太知道下了车就是住处,舒泰地靠在椅背上。

"奶奶,"少年人压低了声音,"我查了一天字典,怎么凡是不准做的事情都有人在做!"他有些不服。

老太太马上又挺直了腰杆:"别人是别人,咱们一定不做!"

崔门三记

转学记

星期一，一周复始，诸事更新，老崔且不管满屋子高高低低、东倒西歪的行李杂物，急忙带儿子去办入学的手续。虽说孩子小，才四年级，可是"勤有功，嬉无益"的古训放之太平洋两岸而皆准。

学校四面围着黑色的铁栏杆，栏杆里面是一片草地，草地中央是高高的台阶，虽是小学却甚有气派。大门好厚，单是外表钉上去的一层铜皮就不薄，难得孩子能推开。墙壁也是加厚了的，这要进门才感觉得出来，一种密封的、谨慎收藏、和外界有效隔绝的感觉，只有古堡或银行的保险库才会给你。老崔祷念，但愿孩子进了宝库就变成宝。

校长是四十来岁的绅士,他长得好干净,整洁的习惯简直与生俱来。他对人的态度又文静又热心,文静的人怎么能热心,他就能,若不是这两种气质调和了,家长会操实权的几位太太怎会同意选他当校长。唉!他还有别的优点呢,他又敏捷又细心,不消两分钟就看完了老崔提供的文件(老崔简直疑心他根本没有看),也发现眼前这个由中国来的家长只能说些破碎的英语,就通知秘书用电话叫人。

老崔暗忖:人家说入学手续简单易办,并不需要讨论交涉,现在……坐在校长室里听壁上的电钟那有顿挫、咳嗽一般的声音,很窘,可以说有些羞愧。幸而不大工夫,校长要找的人来了,是一位女教师,竟是中国人,竟能说标准的中国话!老崔立刻血液畅通,呼吸均匀自然,并且怎样也无法湮灭一脸的笑意。女老师不年轻了,鱼尾纹很深,水晶体也不像水晶那么清澈,但她依然活泼,依然反应很快,依然对人无猜,她知道她在退休之前不能丧失这些品质。

她先跟校长谈话,然后对老崔说:"我姓孔,是这里的双语教师。看转学证明书,你的孩子刚刚读完四年级,转到本校来读五年级,可是看孩子的年龄呢,他该读六年级才是。孩子的出生年月日,你没写错吧?"马上查对一遍,没错。"这里的小学是按年龄编班的,校长认为你的孩子读六年级比较相宜,不过这件事要由你决定。"

老崔问:"老师!我的孩子是不是由你来教?"老师颔首。"老师!我也不知道孩子读几年级好,请你决定好不好?"老师把眼睛圆了:"我不能替你决定。"当机立断,十分锋利,到底是饱经世故了。

墙上的挂钟又咳嗽起来,片刻时间,老崔想到许多事:自己怎么没好好地学英语呢?当年每天念十个生字,夜晚躺在床上数生字如数拾来的银元,做梦也甜。不幸换了教师,左一篇补充教材,右一篇课外读物,教的人辛苦,他这个学的人金山银山塌下来压在底下,瞎了也聋了,债多不愁、虱多不痒,索性在上英文课的时候看起武侠小说来。想起英文,起初是急,后来是羞惭,最后是麻木。肥料上得太多,花是会死的呀。儿子的英文在"牙牙学语"阶段,他恨不得儿子能从幼稚园读起,敢贪多嚼不烂吗?将来是龙是虫,分别又岂在这一年半载?

念头一闪,像坐在自动换片的幻灯放映机后面,几乎可以听见"咔嚓"的声音,眼前另是一番风景。一个高大的老美,从朋友家中告辞出来,朋友劝他"再喝一杯咖啡上路",他站在门里望着门外,举起咖啡杯饮尽。就这么"盏茶工夫",他眼睁睁看见前面一辆车停下来,车门打开,驾驶人探身伸手从马路上拾起一个帆布口袋,拽进车内。第二天,新闻报道说,那个口袋里装的是现钞,共有一百多万美元。不知怎么,银行运钞车的后门开了,装钞票的袋子滚下来,坐在前座的驾驶和警卫都懵然。这多喝了一杯咖啡的老美连声叫苦,叫得电视记者都听见了,他说若非多费了"盏茶工夫",那袋钞票应该在他的车上!——儿子若读五年级,大学毕业要晚一年,结婚、就业,大概也都要晚一年,他会因此错过一些什么机缘？若是读六年级，诸事提早一年，他又会赶上哪些偶然？当年，老崔的上司之所以发迹，是因为娶了一个有钱的太太；他能够认识她，是因为换乘另一班飞机。硬是把星期五的票退了，改成星期三，而她在星期三的这班飞机上！

当然也有早搭一班飞机不幸赶上空难的。老华侨当年来得早，赶上种族压迫——岂仅是歧视，应该说压迫才对。可怜那些血泪！现在好多了，不过种族歧视还有一些，尤其是美国孩子，不懂忍耐和伪装，难免欺负中国孩子。中国孩子都是小不点儿，十岁的美国孩子和十四岁的中国孩子站在一起，竟是一般高！照规定，六岁以下的孩童坐公共汽车可以不买票，有些中国孩子到了八岁九岁还在享受这项优待，司机实在看不出他实际上有多大。坐车固然占便宜，跟同年龄的人一块儿打打闹闹、争争抢抢可就不行了。何况有些美国孩子出手很重，野性十足，如果让孩子读五年级，他比同班的孩子略大一点儿，总要多一点儿力气，多一点儿经验，总可以少吃一丁点儿亏,他在家里也可以少担一丁点儿忧。是不是?你说是不是?

壁钟只轻轻咳嗽了几下,老崔就想了这么多,人的思想到底有多快?情势迁延不得,于是奋勇地说出来:"五年级!"女老师立刻在文件上写了个字,孩子的终身就这样定了。"跟我来!"老师向孩子招手,孩子惊疑地望着父亲,父亲站起来:"老师,一切拜托了!"恨不得照中国古礼教孩子跪下来磕一个头。阿弥陀佛!爷儿俩又瞎又聋,幸而遇见引路的!老师连忙说:"这里的规矩,家长是不能随便走动的。你回家吧。"做父亲的连忙说:孩子,勇敢一些,上楼吧,教室在楼上!别像你初入幼稚园的那天,紧紧拉着我不放,要我站在教室窗外,你才不哭。什么专家说过,把初生的婴儿丢进水中,他自己会游泳,我现在是把你丢在游泳池里了。孩子!好自为之罢!其实孩子早已跟着老师走开了,老崔怔了半天才接受这个事实。

走到街上,艳阳把整座小镇照个透明。老崔这时真的相信举头三尺有神明,上帝保佑,让孩子读五年级,这个决定没有错!

命名记

老崔的孩子叫崔侠。"侠"是一个很俊的字。"是不是侠义的侠?"别人一听就能领会。不幸进了美国的小学教室,这个字出了毛病。"这是你们的新同学,他姓崔,叫侠。"老师这么一介绍,三十多个学生哄堂大笑,把崔侠笑傻了。老师连忙声明,刚才那个"侠"字,是用英文发音的方法念英文拼写出来的"侠"。

她现在把中文正确的读音介绍给大家。"侠",这才是真正的侠,并非变体,未曾走样。虽然如此,孩子们不知轻重,依然有一声没一声的诵念:SHIT!SHIT!

老师大声说:"你们叫他'崔'好了。"又轻轻地对崔侠说:"有没有英文名字?我是指真正英文名字,不是用英文字母把中文的音拼出来。你的同学都有个英文名字,你也得有一个,才容易跟他们做朋友。"

放学回家,把这层意思告诉父亲。老崔恍然大悟:"侠"的英文拼音,听来好像是:SHIT!而 SHIT 是粪便。好生美丽浪漫的"侠",怎么会跟这般不堪的东西换位,简直是橘逾淮而为荆棘了。儿子的事,哪一件不在他心中经过千回万转,此处有失却是没有考虑到。心中闷闷,不便对儿子说明,只得默然。倒是孩子,上学第一天,有很多新鲜事儿。"爸,咱们姓崔,怎么来到美国,变了?老师说了好几遍,说我姓'揣唉'。'揣唉'跟崔有什么关系?"

老崔一听,孩子的自尊心在动摇,得赶快伸手扶住。"北方姓王的人,到了广东就变成姓黄,广东人黄王不分。中国地方大,走远了,字音会变。你想想,中国美国隔着半个地球呢,不过崔还是崔,没有关系!"

老崔寻思:名字关系很大,"命"字有八笔,姓名是其中一画。SHIT 这个音极讨厌,"揣唉"也不成体统。儿子得有个英文名字,这个名字相当于从前的学名,起学名是老师的权利,这回她大概不会推辞了。就算她不干,也得等她拒绝之后再想别的办法,这是礼貌,礼多人不怪。这一晚越想越妥当,第二天上午装了个红包,直奔学校。

孩子的老师居然是个不容易见到的人物。左等右等,她一路小碎步跑过来:"什么事?下课时间只有五分钟,已经过去一分半了。"乖乖,一串爆竹点着了,节奏也不过如此,昨晚揣摩设计的一套起承转合哪里用得上?赶紧说明来意,费时三十秒,双手捧出红包,十秒。"哎哟,崔先生,你怎么还来这一套?"礼多惹人怪,不过,怪得柔和、体谅。"在美国,老师不能给学生起名字。起名字是你们自己的事,老师管不着,美国总统也管不着。"三十秒。老崔拱出去的双手怎生收得回来,那红包好重,捧着好吃力。秘书小姐打字的手停下来,清洁工人关掉吸尘器,还有警卫,都聚精会神看这一幕戏。又是二十秒。孔老师到底不是才出道的妮子,她想了一想,伸手去取红包,却又停在空中,五指半张半合,目光却扫视观众,为介绍中国文化而作了一分钟演说。她说,红包代表幸运和祝福,处理红包的方式,乃是把钱抽出来归还,把空空的封套留下。话犹未了,她尖尖的手指早把红色的封套倒提起来,钞票像一条条小鱼滑出来,钻进了老崔的掌中,没有水声,只有轻微的震动。孔老师还能享受这种震动,好像在音乐会上捉住了乐声。到底她还是个中国人。最后,孔老师捏着空空的封套,捏得它张开了大口,朝着地面呕吐,却没有任何东西可以吐出来。她几乎拿封套当酒杯,对着同席的人照了又照,表示这杯酒确已干了。三个观众在最恰当的时候,以最恰当的力气鼓了掌,又是三十秒。她看表,还有三十秒,就向观众们招招手,一路小碎步上楼去了。

好罢,老师不管,美国总统也不管,咱们靠自己。自然,爷儿俩得商量一下,洋名字千奇百怪,得孩子能接受才行。下午三点,该放学了,出门去接儿子回家,校里校外,前街后街,萝卜头儿满地滚,没有自己园里种的那一棵。想跟那些孩子打听一下,却无法启齿。总不能问:"你看见我的儿子没有?"你的儿子叫什么?人迹渐稀,"轰隆"一声校门上了锁,老崔赶紧挨近门口倾耳细听,孩子要是锁在里头了,他会喊叫,是不是?

空屋静如古墓。

那么,多半是,孩子从另一条路回家去了,此时正坐在门前石阶上等他回去开锁。于是借机会来一段慢跑。自己的家在望,绕着房子跑了一圈,前门只见蝴蝶,后门石阶上只有松鼠。灵机一动,朝大道跑去,那里四通八达,视野开阔,不管孩子从哪个方向来,老远可以看见。如保赤子,心诚求之,所料果然不差,孩子在两条街之外,正在向回家的方向走,有伴同行。虽不能说失而复得,老崔此时望见儿子,内心特别喜悦,觉得儿子如在地平线外冉冉升起,脚不沾地。觉得儿子在阳光镂刻下身体发肤无不精致。觉得他翩翩如恋枝之蝶,依依如觅食的松鼠。

他根本不曾注意孩子身旁还有个小不点儿,直到孩子介绍:"爸,他叫林肯。"林肯?好家伙,志气不小,身为人父,不可忽略孩子的朋友。"嗨,林肯!"林肯没理他,只顾一个劲儿嚼口香糖。没听说林肯总统当年如此喜欢吃糖。这个小林肯由脖子到头顶,由指甲到臂弯,都脏得腻人。"你们到哪里去了?"老崔问孩子。"林肯要我跟他一块去超级市场。"你们这么小,进超级市场干什么?"林肯想吃糖,要我买给他。我没带钱。我们在货架中间钻进钻出,很好玩。林肯偷偷地拿了两块糖含在嘴里,我没拿。"孩子看见父亲的怒容,连忙补一句:"我没拿。"老崔没好气地说:"跟我回家!"孩子跟林肯说再见。"不要跟他再见!以后不要跟他在一起!"

林肯偷糖吃!名字好有什么用!老崔生了一阵闷气,想到连偷糖吃的人都有个好名字,就对孩子说:"你把电话簿拿来!"一面翻看人名,一面自忖:最好不要跟同班同学的名字雷同才好。"你们班上的同学都叫什么名字?你喜欢谁的名字?"孩子说:"一个叫亚当。"又是一个小偷！一个偷吃苹果的。怎么给孩子叫这个，想让自己的儿子做天下人的祖宗，这种父母真刁透了。"有一个叫华盛顿的！"华盛顿、林肯，都只有让他们美国人自己去用，若是由咱们喧宾夺主，怎么好意思？有叫尼尔的，有叫大卫的，一看就知道是蛮夷之邦，缺舌之人，罢了。

孩子知道父亲要做什么，坐在地毯上，依着爸的小腿，一只手放在爸的膝盖上，仰脸望爸的脸。小手掌的温软一直传到老崔的心窝，真得取个最好的英文名字，才配得上这么乖的小男孩！很多人叫马可，收音太短促，没有后劲，使中国人有不祥的预感。居然有很多人叫马恩穆，其音浊，其运乖？亚瑟曾经是名将和大君的名字，可惜它的发音实际上是"阿子儿"，近乎轻佻。马马虎虎取名字的人何其多耶？"阿麻"，谐近"阿妈"，岂可以做男人一生的符号？

有了，老崔一拍大腿，抓起孩子的小手来，摇个不停。"我给你找到了一个好名字。几乎踏破铁鞋。听着，记着，你叫爱德华。爱德华，既道德，又爱中华。爱德华,'爱'这种德性,在中华文化里最完备。爱德华,爱中华,才是有德之人。你就叫这个名字吧!"

第二天一大早,老崔特地牵着孩子的手,通知校长和教师就说爱德华来了。校长正像个牧人似的。站在大门口,微笑检视羊群入圈。"嗨,揣唉,你早!"老崔连忙说明,从今天起,孩子叫爱德华了。校长毫无必要地夸张了他的惊喜。"噢——,太好了,这是我祖父的名字!"这一来,老崔反而腼腆起来。怎么说也是一校之长,别人的孩子犯了他祖父的名讳,他高兴个什么劲儿?

流血记

老崔望见小侠(他现在叫爱德华了)放学回家,连忙从冰箱里端出小侠最爱吃的冰淇淋来。可是小侠望也没望一眼,进卧房去倒头便睡。老崔追到床边,拉着儿子的手问怎么了,回答是头疼。手掌按在儿子额上,没发烧,心情一松,笑了。怎么会痛起来的?"林肯推我,我的头撞到墙了。"

老崔的心弦立刻拉紧,捧着小侠的头摸摸看看,没看出什么问题来,孩子却不耐烦了。孩子哪知道他父亲呆坐床边化成一具吃角子赌博的机器,"哗哗啦啦"吐出来脑震荡、昏迷、白痴、破伤风,一大堆恐怖。美国大都市是个可怕的地方,他听到过许多行为粗暴的故事。他的下意识里有个问号:那样的事情会不会发生在小侠身上?难道,现在有了信号?定了定神,央告儿子坐起,就着窗口,拨开一头茂密的黑发,像看古董花瓶似的,转着圈儿看个没完。

小侠索性看电视去。似乎不要紧,但是这种事情断乎不能再发生一次。这夜,老崔翻来覆去,隔不多大会儿就去摸小侠的热烘烘的似乎有棱有角的头,他总觉得这一夜小侠睡得特别昏沉。崔氏三代单传的好头颅,可不能有差池,这头脑要分成许多方格,一格装中文,一格装英文,一格装德文,最怕隔间的地方震垮了，所有的东西变成大统舱里一锅粥。黎明，闹钟响了，孩子一骨碌起床，和往常一样，老崔看在眼里，就是裹创再战了。

早餐桌上，老崔咬的不是面包，是卡片，上面写着格言：一张"杜微防渐"，一张"履霜坚冰至"，一张"当断不断、反受其乱"。这一餐的滋味的确味同嚼纸。他决定花五十美元请个翻译，和校长一谈。

翻译社派来一个小女孩，瘦骨伶仃的。她敲开门，却不进去，大动作挥肘看表："现在十点，我的工作从这个时候算起。"不坐，不喝茶，也不客套。她也大学毕业了，只是身材小，在美国看中国女孩向来不成比例。加上说话还带童音。"走吧，你坐我的车，免费。"美国社会历练出来的口吻。你还敢说她小？

校长依然干干净净地坐在他的位子上，好像生来从未经历过空气污染。他好像永不喝热茶永不疾走，永不大声呼喊。这段路开车不过一分多钟，老崔在上车之前、下车之后，从小侠头痛说起，把他的高瞻远瞩、他的曲突徙薪之计说个透彻。他预料有一场漫长的讨论。翻译者或许要超过预定的工作时间，增加收费。只要解决了问题，花个百儿八十也值得。谁知这位小小姐在校长对面郑重其事地坐下之后，只说了一句话。他听得出，虽然是挺长的一个句子，到底只是一句。然后，校长的话，就像一杯温热的牛奶，熨熨帖帖的，柔软缓和地流个不停，有抑扬顿挫，但是全无锋芒棱角。他足足说了五分钟。等校长说完了，女孩转脸问崔："还有别的事没有？"别的事？怎会有别的事？这件大事还不够办？当然不会有别的事。"那么，我们走吧！"

老崔失声道："不能走，不能走！"女孩愕然：为什么不能走？"校长，他知道发生了什么事情？"他知道！"我的来意，他了解？"他完全了解，老崔心里还在挣扎：不能走，不能就这么一走了之！你怎么只替我说了一句话，我还以为那句话是个引子呢！这么重要的问题，如何可以草草了事？心里这样想，脚步不由自主跟在翻译小姐后面亦步亦趋。不走，还有什么理由留下？他还能说什么、做什么？

女孩认为必须解释一下。"我们想说的话,校长全替我们说了。林肯和爱德华都说对方动手,可是都没有证据,好在没有人受伤,两人已经握手和好。孩子不记仇。大人不宜再提。至于以后,他说学校里总会有这些麻烦,他很抱歉。"老崔一听,凉了半截也矮了半截,这像个一校之长说的话吗?女孩提出自己的见地:"还没进校长室我就知道他会这么说。"

老崔绝望地问:"那怎么办,谁来保护我的孩子?每一班都有导师,难道做导师的不维持班上的秩序?"女孩望着他,很同情地说:"我们翻译社经常为新移民解答疑问,这项服务是不收费的。"她看了看腕表。"我可以告诉你,不要依靠老师,再好的老师也不过教你一年,一年以后你依赖谁?"老崔说:"是啊,我到底能依赖谁?"女孩立时高大起来:"告诉你儿子,他要靠自己!"靠自己?"靠自己!有人打他,他就打回去!"老崔的汗毛直竖。女孩的口吻是在宣扬一项真理,毫无怯懦迟疑。"我读初中的时候,一个男孩跟在我背后叫 Jeep, Jeep!我反身朝他脸上就是一个耳光!"她做了个挥拳攻击的姿势,顺便瞄一眼腕表。"哭没有用,告状也没有用,只有这个办法中用!"她钻进了汽车,最后一句话从汽车里飞出来。

让他自己打回去!想想孩子的小胳臂小腿吧。可怜的小侠,姓名变成"爱德华·揣唉",进了小学要自己打码头。惭愧啊,姓崔的有此不肖子孙!老崔来美有年,深知伤春悲秋无用。自怨自艾无用。处世之道在胸脯向前一挺。有人喜欢打你,是因为你做了庙门口的鼓。怕什么,有些美国孩子整天吃奶油吃巧克力,一身虚胖浮肿,虚有其表。小侠何不看眼色行事,打得过,就打;打不过,就告!告状尽管无用,到底不失为一种反抗。

这天下午,老崔不许小侠吃雪糕。"为什么?到底为什么?"那玩意儿吃多了,浑身没有力气,打架打不过人家。小侠一听,"噔噔噔"径自上楼,还以为他受了挫折,垂头丧气了呢,不大一会儿,却穿上练习跆拳道用的袍子,腰束蓝带,飘然而下。袍带都还崭新,加上小侠眉飞色舞,真能使满室生辉。老崔忘了,近年来小孩子学柔道学跆拳道之风甚盛,家长觉得也不过是一种体操,孩子认为比体操刺激有趣。小侠进过训练班,教练还曾说他是可造之材呢!横越太平洋的喷气客机,摇篮似的吊在空中,把一切摇成旧梦。

　　似梦还醒,小侠向父亲折腰为礼,退后一步,在客厅地毯上表演起来。双拳当胸,举目扬眉,作势欲击。儿子学过跆拳道,临阵应有还手之力,但中国武道宁愿忍辱,不肯出手,这个"打"字如何从他做父亲的口中说出来?且看儿子两眉微斜,二目侧望,蟹行跳跃,飞起一脚,脚底仍能高过头顶!但这一身戎装、两眉斗志的孩子其实并没有假想敌,目光清澄无猜,所谓防身制敌,一场家家酒而已,哪能当真?哪能当真?那句难言之隐到底又咽回去。

　　"今天有麻烦没有?"每天放学时分对孩子必有此一问。问得多了,孩子觉得奇怪,反问:"爸,你有什么麻烦?"傻孩子,为父的四大皆空,一根麻也没留下,何烦之有?你在成长,你的麻越存越多,恐怕烦是免不了的啊!为父的是不放心的啊!越是怕事,越要出事,这天双语教师孔小姐打电话来,叫他快去。见了这位女教师,才蓦然惊觉流年易逝,她的指甲由紫红变成云母白,她的眼窝由冰蓝变成浅绿,她的头发由堆髻变成刘海,咳,红瘦绿肥春信去,竟是入夏了!但人生中可惊的并不是这个,他期待真正的震动。"爱德华又打架了!"好一个又字,连上次的纠纷也判决了。校长在旁炯炯而视,分明这话是校长的意思,由她翻成中国话而已。无暇分辨曲直,先问"孩子怎么样?"。"没人受伤,你不必担心。"她一面说,一面看校长的反应。"是爱德华的错,他先推了别人一把。凡是由中国来的新生,我都叮嘱他们,千万不可以推别人,撞别人,倘若无意中碰到别人,要立刻说对不起。"转过脸,用英语对校长说一遍。"崔先生,请你跟我们合作,教你的孩子记得这是美国,不是中国。在中国,孩子们你挤我、我推你,嘻嘻哈哈,是亲热;这里不行,你推人家一把,人家就以为是受到攻击,以为是你要打他!中国人要打谁,自己先退后两步,美国人要打谁,先把他推开两步!"把最后两句用英语再说一遍,当然是为了校长,校长觉得这个比较很有趣,笑意挂在嘴角上久久不散。

还好,没人受伤。可是瓦罐不离井上破,常常打架怎么了得!放学后,正想好好审问小侠,小侠先兴冲冲地提出报告:"爸,今天杰克有麻烦。"他有什么麻烦?"他想打我,我就用脚踢他,他倒了,我没倒。"老崔再不考虑,再不节制,扬起巴掌劈脸就打。小侠捂着脸号啕大哭,一面哭一面看自己的手掌,叫"我流血了,我流血了",一巴掌打破了鼻子。屋子里没有第三个人,老崔只得急忙转换角色,由严父转慈母,由惩罚者转救护者,止血洗脸,孩子的抽噎使他也全身震动。

不该打,不该打,打孩子是犯法的行为,倘若有多事的邻居打个电话,立刻就有警车上门。孩子,你不可打人。孩子,那不是杰克的麻烦,是你的麻烦。把孩子紧紧搂在怀里,要孩子忍,要孩子让,要孩子会看眼色,趋吉避凶。他说一句,孩子就答应一声,接着又抽噎一下。老崔的心跟着隐隐痛一下。叮嘱了千言万语,小侠答应了千遍万遍,这孩子忽然仰起脸来问:"他打我,我为什么不能打他?"老崔语塞,眼泪直流。小侠挣出父亲的怀抱说:"我的头发湿了,好痒!"

这天晚上,爷儿俩总算说通了。第二天心平气和去上学,再也不会有冲突了,至少这个学期不会有麻烦了。这天上午的心境,有雨过天青的祥和。怎么下午又有电话来叫老崔快到学校里去!有什么事?发生了什么事?喂喂!那边孔老师早挂上了听筒。老崔丢下电话往外跑,第一次发觉这三个街口的距离真长。校门在望,先听见预备放学的铃响,先看见孔老师站在高高的石阶上等他。这一段小跑跑得老崔直喘,想问有什么事,只能吐出一个"有"。孔老师说:"不要紧,你别着急。"等他喘得慢了,才问:"爱德华学过功夫?"跆拳道也算功夫的一种,老崔点头。"你要当心了。杰克的个子比爱德华大,爱德华把他打败了,现在全校的学生都知道爱德华会中国功夫。六年级有几个学生想找爱德华比武。我叫你来接爱德华回家,省得受他们纠缠。"

老崔谢了。孔小姐看老崔新来,未必能了解事情有多严重,就索性多说几句:"美国的这些孩子都看过香港的功夫片,知道中国功夫的厉害。在功夫片里面,小孩子能把一个大力士打死,他们看了信以为真。他们若跟会功夫的孩子打架,出手一定很重,很可怕!"老崔立刻吓得不喘了。孔小姐说:"要是张扬出去,连别校的学生也会上门找爱德华。他们不敢一个人来,要来就是一群。"老崔连声追问怎么办,孔小姐说:"我不能告诉你怎么办,任何一种办法都有它的副作用。"说到这里,铃声又响,各种肤色、各式衣着的孩子像打翻了一桶还没有均匀混合的颜料。孔老师一把拉住一点黄,交在老崔手里,那就是小侠。

小侠说:"爸,今天我没有麻烦。"老崔不答,只紧紧地抓着孩子的手。"爸,我的手好痛!"偷看父亲的脸色,不敢挣脱。回家路上好像铺满了棉花,老崔一步高,一步低;脑子里一片白。他昨夜就没有睡好,昨夜的昨夜也没有睡好,现在根本无法思考。

先回去好好睡一觉再说。——搂着小侠,不让他出门。

关于月饼

"中国人嘛,过中秋总得咬一口月饼。"他本想邀妻一同上唐人街,妻不肯去,只好独自上车。出门前看了女儿一眼,女儿正在专心调弄半钵面包粉。"干吗做面包?下午就有月饼吃!"女儿没反应,他也没期望女儿的反应,丢下这句话,匆匆去了。

公路像是卡通片里的天神用手一指开出来的,直入天际。晴空万里无云,又正好是周末,可爱的日子,老天成全中国人。要是不好好地过这个中秋节,简直伤天害理。可是他原先把中秋忘得干干净净。在美国乡下的小镇上住得太久了,妻长出白发,女儿长出腰身来了,对中秋、端阳蹑足而至的警觉也迟钝了。英文报上有条小消息,卫生衙门怀疑中国月饼的制造过程有问题,不干不净。他这才悚然查问中秋节在哪一天。

要是家里有中国日历就不会这么糊涂了。去年还是前年,有人送了一份来,十二位平剧人物鲜明耀眼,典型的中国文化。新年第一位就是关公,忠义千秋的武圣,威灵赫赫,令人肃然起敬。可是女儿见了又叫又闹,说那一脸血好可怕,她一看见就不能做功课,一想起来就不能睡觉。几天以后,不知何时,月份牌不见了。

不妨顺便买一份中国日历,要花卉仕女,女儿能够接受的那种。——年怕中秋月怕半,一年将尽,今天也不必买了,等到办年货的时候吧。

○

周末,纽约市街像劫后一般静,只有风卷着地上的破报纸动。望见中国字写成的招牌,街窄了,街心却骤然热闹起来。满眼都是中国人,在温暖明亮的阳光下,在泥泞的污水之上,在摊位的缺口和空隙间，挤成一团团黄皮肤黑头发的中国结。人流从四面八方来，淤塞在饼糕店、餐馆、食品公司门口，好像荒凉的纽约市，只有这个地方繁荣。名副其实的唐人街，简直是天宝年间的长安街头。

然而现在不是盛唐。"想做一个真正的中国人吗？你得准备受气。"四海漂泊的中国人如是传闻。中国人总得咬口月饼过中秋节，所以，他开了两个半小时的车，来了。只比应征求职差那么一点儿隆重。取经朝圣没干过，不能比拟。所以他在食品公司排队。收银员好忙碌，抿紧了的嘴唇噘起来，比平时更显得权威。她们不断申斥顾客的错误。受申斥的人没有辩论，只有急急忙忙走开，一如他们当年侥幸通过美国海关。想做中国人，你得受气？未必。瞧她们收银员那份自满与自信。在海关盘查签证的移民官也没有这种吹口哨时的唇形。他确知没有一家美国商店可以这样对待顾客。遗憾的是美国人不卖月饼。

○

　　付了账，提着沉沉的购物袋，渗入人流。外面人行道上一眼望去尽是背影，一排又一排，重重叠叠的背影，男的女的，老的小的，宽的窄的，佝偻、挺直、歪斜的，褴褛的，波浪一样向前伸展。每个背影都有负担，手里提着，肩上挂着，还有孩子的手抓住他们的衣角，或者他们匀出一只手来挽着摇摇晃晃的老人，动动停停做近岸的萍草。

　　他忽然有个想法。他不相信自己会有那个想法。他对自己说："荒唐！"怎么这群扶老携幼肩背手提的中国人，从背影看活像正在逃难？当年他半夜离家逃难，摸索而行，天亮后放眼一看，可不就是这幅景象？逃难的人牵累多，负担重，有人连鸡鸭都用扁担挑着，一路上真是笨鸭慢行，似走不走。荒唐荒唐，再这样想下去，该送钱给心理医生了。

　　月饼到手，唐人街再也没什么可恋的。车在路在，早些回去吧！回去准备吃月饼、赏月。要有两个小孩子在家里等着盼着，咽着口水张开小手接着，那才真不虚此行呢！可惜女儿大了。就是她还小的时候，她也爱吃面包、不爱馒头，爱喝可口可乐、不爱稀饭。他家是个常常喝稀饭吃馒头的家庭。不知为什么，熏陶强制身教言教都不起作用。女儿一下子就换了习惯。今天动身出门的时候，告诉她有月饼可吃，瞧她的冷淡！枣泥、豆沙、五仁、百果，可都是咱们的山川灵秀之气！都是日月精华！是世态人情传说掌故！你这一口咬下去，可就脚踏实地、做成个炎黄世胄！这些，女儿怎懂？怎懂？

月饼不过是寻常一团甜面粉。除非你还有许多记忆。

○

"中国人嘛，过中秋总得咬几口月饼。"这是他爸说过的话。就算逃难在外、露宿在人家的打麦场上吧，朦胧中被一只大手摇醒，一小块豆沙素月送到嘴边，梦一样的含在嘴里，香甜俱全，只少一点儿酥。那夜的月色又冷漠又皎洁，能把草叶上的露珠照出来。他一面吃，他爸爸一面左右扫描，怕惊醒了身旁一同逃难的人，招来嫉妒。他一不小心咬嚼出"啧啧"声，他爸立即拧他的肉，怒目而视。那一下子拧得真痛，可是月饼也真好吃，两者都永远忘不了。当时只嫌月饼少，全不想荒村野店，风声鹤唳，月饼比月亮贵重。

　　逃难的人走得蜗慢，他不明白怎么能逃出来。那时要是有辆车多好，脚下一加劲儿，山山水水一道烟尘。七十、八十、九十、一百，轮不沾地。开快车也是对过去的一种补偿。糟糕，今天运气坏，后视镜里怎么来了警车？罚单一张，祝你中秋快乐？管他，开他一百一，不信粉身碎骨在前头等着。甩掉警察，也甩掉打麦场上的难民，再也不要去想那些倒霉，倒霉是精神上的蟑螂，只要一只出现就绝不会仅此一只。奇怪，警车从他旁边"刷"地一声越过，不理不睬。"他怎么比我还紧张?"暗暗纳闷。就在那半秒钟,他看见自己车中的码表,指针在六十五附近颤抖。没有一百,没有一百一,只有六十五。六十五罢了,你颤抖个什么劲儿!

真的不能再想那些倒霉的事了,再想下去,真的要去看心理医生了。老板要是知道你看过心理医生,就会找个缘由把你解雇。在这鬼地方,杀人放火吃官司都有人同情帮忙,精神失常可就人人巴望你死。

○

回到家,女儿早已出去了,去什么地方参加"拍拖",带着自己设计的蛋糕。也是补偿作用,他先吃一个豆沙素月。妻现在没有胃口,妻不需要这补偿。妻把红烧鸡、清炖牛肉做好了,女儿还没回来。左看挂钟右看表,再看天色,清蒸鱼下了锅,上了桌子,女儿还没回来。吃吧!吃完了,女儿才来电话,说

"拍拖"很长,节目后面还有节目。话筒里传来的迪斯科喧哗得令人担心。中国人不在家过中秋节,什么话!退一步想,女儿知道打电话回来,总算差强人意了。只在电话里叮嘱了不可喝啤酒,尽心焉耳矣。快收线的时候他忙不迭地喂喂,问女儿喜欢吃哪一种馅儿,豆沙、枣泥、五仁、莲蓉。女儿说无所谓,"咔嗒"一声。只好每种给她留一个。她也不需要补偿,没见过蟑螂。

好大的月亮!美国月亮不比中国月亮圆,但是似乎比中国月亮大。月亮真有这么大吗?有一次看影展,内行告诉他照片上的月亮都是假的,是用特别镜头对着夕阳照出来的,因为真正的月亮太小。今夜天边这么大的月亮是显着虚伪。真好笑,紧张忙碌,为着个假月亮。也许不该笑,有个进过集中营的朋友说过,牢房里不见天日,难友们弄张白纸剪个圆贴在墙上过中秋。这件事可悲还是可笑,朋友们还发生了争论。——怎么又是这种倒霉的经验,类似吃个蟑螂!良辰美景,难道不能来点儿有情有趣的?

○

他度过多少没有月亮的中秋,没有月饼的中秋,现在才知道没有儿女的中秋最黯淡。年节的喜乐原是属于小孩子的,这年头晦气事家家千篇一律,欢乐却争奇斗妍。想点有趣的:去年,他送了两个月饼给隔邻的汤姆,那个碧眼褐发有灵魂的洋团团追问中国人为什么要做这种东西。他顺口诌了个故事:啊,这有起源。很久很久以前,有一个任性的小孩想吃天上的月亮。母亲很疼爱他,就用糖和面粉照着月亮的样子做了一个。她发明了月饼。月饼是可以吃的月亮。而月亮呢,是谁也吃不到的一个月饼。你看,月亮里头黑乎乎的还有馅儿呢。这个故事把小汤姆哄迷了。当夜,小汤姆做了一个梦,梦见飞上天去朝那个没人吃过的月饼咬了一口。好硬的月饼,"嘣"地一声害他掉了一颗门牙。早晨刷牙的时候,果然一颗门牙随手脱落。小汤姆拿着掉下来的牙齿敲门找他。……有趣的故事讲着省力,听着轻松,可是不知怎么,讲完了觉得好累好累,身心俱疲。

夜总是潜藏着危机的。女儿回家的路上有长城一样的公寓,大楼遮天,暗影铺地,会忽然跳出个化为人形的恶念来。可是不能对妻实说,说了准会招她一顿讥笑,笑他来美的最大收获是神经过敏。只能对妻说:"到外边去看月亮吧。"妻子测准了丈夫的心思,告诉他:"有人开车送女儿回家。"不过还是跟着丈夫走出院子。月色无边,只是不知道这小镇上住了几家中国人。月夜像一缸透明的水,下面沉淀着一撮一撮——陈谷子烂芝麻。要是伸手一搅,准会满缸混浊,一团齷齪。长路笔直,几时才有汽车驰来?长安西去,大江东去,都是蛛网上的一根丝,八爪命运坐在网中,谁知它在等什么!

十一点了,女儿还在外边,也许是路上。女儿到底大了,谁说过,女儿越大,回家的时间越迟。再几年,说不定她要去住学生宿舍了。没奈何,女儿总要由小长大的。妻对他说:"还是回家去吧,女儿来了电话,谁接呢?"不错,该回去,电话线也是一根丝,比较方便可靠些。希望明年中秋,女儿没有约会;但是明年中秋,可仍是周末?

怨

　　宁为曾经告诉我，他发过誓，对人生绝不抱怨。去国之日收拾行李，取取舍舍颇费斟酌，端砚、正德香炉都没带，压箱的东西是云南大理石做的一枚镇纸，龟钮底面深深地刻了个"忍"字。这个字平时深藏不露，最宜夜阑人静独自摩挲把玩。

　　"这几年倒也没有发生什么忍无可忍的事。"宁为说，本来是准备撑船吞象的，充其量不过几粒芝麻绿豆塞在牙缝里剔不出来。有一次出门在外，想打个电话回家，忖量荷包里的硬币不够，就对接线生说由他的女儿付费。这通电话是父亲打给女儿，他交代得很清楚。他拿着话筒等待通话，听见接线生和女儿交谈：你是宁小姐吗？是，你的父亲宁先生打电话给你，你愿意付电话费？好的！这么个问法，宁为已经觉得不堪，父亲打电话回家，女儿岂有不付电话费的道理？不料那接线生还要追问："你付账？"一声"当然！"，接线生这才放了心。

这个"蛮夷之邦"的接线生，究竟把父女关系看成了什么？宁为忍不住生了气。他并非不知道，儿女不肯替父母付费乃是这里的风气，他之所以生气究竟因接线生多此一问，还是因为美国社会人情的淡薄，一时也说不明白。

说来这不过是一件"细故"，但是宁为久久不能忘怀。"真是岂有此理！"宁为说，他初来纽约的时候，一时找不到房子，在朋友家住了几天，朋友说，别的他都可以招待，唯有打长途电话得自己付钱，他每次打长途都自己记下时间，算出钱数。迁出时，他买了一条金项链送给朋友的太太，聊表补偿。这是很含蓄的一种方式，是对朋友的尊重。要是当面拿出脏兮兮的钞票、叮当响的硬币来算账，成什么话？朋友又怎么伸出手来接受？谁知到了月初，朋友寄来电话费的账单。使他大吃一惊，打电话去绕了好几个弯子,婉转提及那条项链。对方很爽直地说:"那是你给我太太的礼物,不是付给我的电话费。她不会卖了项链把钱交给我。如果我们离婚,她会把项链带走,那是她的东西。"这话离他的了解太远了,惊得他一时失去了说话的能力。

这也是一件小事情,沙子似的在蚌肉里夹着,人生地不熟,做什么都错。有一天,女儿说,班上的同学瞧不起她。为什么?因为放学回家的路上有几栋大楼,楼前广场里有成群的鸽子。广场和人行道相连,鸽子常在他们脚边"咕咕"地叫。她逗那些鸽子,追那些鸽子,看鸽子在阳光下展翅飞起,亮着透明的肌肉。不过是好玩罢了,在同学们眼里竟成了一项罪名。这些有眼无珠的小洋仔,我的女儿不是和鸽子一样无邪无猜吗,她岂有伤害鸽子的意思?她只是催促鸽子表演一下飞行的美姿,衷心欣赏一下而已!鸽子作"太空漫步"时,你们这些洋仔不是也看得心花怒放吗?看鸽子那身肥肉,运动一下,慢跑几步,也是应该!鸽子毕竟是禽兽,只爱禽兽不爱人,岂有此理!

"种族歧视!"宁为说,这里头有鬼。宁为说,你不能怪我敏感,我有我的经验,人都是根据自己的经验作判断。宁为下班常常在一家三X级的戏院附近等公共汽车,有时跟把门执法的"黑将军"哈啰两句。"黑将军"所执之"法"是十八岁以下不准入内。宁为非常怀疑这条规定能够严格执行,对出入的顾客不免多看几眼。"黑将军"有一张包公的锅底脸,对年轻人果然盘查得紧,令人好生钦敬,但是很不幸,宁为看见一个黄肤黑发的孩子走进去竟未遭到阻拦,动了"民族情感",上前质问那警卫为何网开一面。警卫一耸肩膀:"中国人的个子小,我看他够岁数了!"态度好轻松,气死你!

宁为对自己说:不抱怨,绝不抱怨,都是些小事情。宁为又对我说:小事情,不值得抱怨。但我知道他有怨在心,虽然事情都属于细故。

我对宁为说,你带出来的镇纸太小,那个字也刻得太浅。他说我忍还是忍了,要不,我也许买张票进戏院，把那个中国孩子揪出来。我说：你不是警卫，你侵犯了别人的职业权利，说不定工会跟你打官司。他说我敢断定那孩子没满十八岁，我有理，他们没理。我说，那就把大理石镇纸扔了吧。他一怔。我说，所谓忍，当然是对不合理的事情，如果合情合理合法，天与人归，心悦诚服，何忍之有？

由戏院警卫说到美国人的职业良心和服务态度。宁为慨叹一般美国人"乐群"有余而敬业不足。他向邮局租了一只信箱，邮局给他两把钥匙，竟无一把可以使用。向邮局提出交涉，年老的业务员笑嘻嘻的，满口"你好""今天天气好"，把他们库存的两把备份钥匙拿出来，其中竟然只有一把能用。全家人用一把钥匙，很不方便，要求邮局设法，老邮务员只是笑嘻嘻地让他等。久等不耐，配一把钥匙不过两块钱，他自己出得起。拿这个想法跟老邮务员一商量，老邮务员连连摇头，这把钥匙不但老宁自己不能配，连他们这个支局也不能配，必须呈报到华府总局，由总局办理。兹事体大，一等就是八个月。

大丈夫难免妻不贤子不肖,老宁也有这样的慨叹。宁太太说话一向轻声细语,慢条斯理,叙述句多,判断句少,老宁当初追她就是迷上她这种风格。"喝杯茶吧",连"你"字都没有,何其旖旎。现在呢?"我把开水烧好了,你要喝茶自己泡!"乖乖,初听时真地吓了一跳,好容易才习惯了。想当年寻亲访友,拿着地址看门牌,找了东头找西头,太太一声不响在后面踩着高跟鞋,任他"尝试错误"。现在太太开车,若到陌生的地方,出门前太太先大喝一声:"看过地图没有?"真有大将之风。星期天本该上教堂,太太说不去,两个字就定了案。太太的气质从何发生变化?百思之后,恍然大悟,自从太太学会了开车,即判若两人了。汽车这玩意儿使女人颐指气使,妄自尊大,齐家之道第一条是别让太太学开车!——然而晚了。

女儿本来像鹁鸪一样可爱,——不,比鹁鸪更可爱,那是以前。现在呢,单瞧她一身打扮:马尾发,带羽毛的耳环,手镯上有细细的链子,围巾上有细细的穗子,牛仔裤的裤管是毛边的,据说这种裤子象征被男人强暴时撕断了。他奶奶的,什么不好象征,象征这个!难怪美国的强暴案这么多!女儿这装束,所有的线条都下垂,马尾、鸟羽、链条、穗带、毛边裤管,都对地心引力屈服。这又象征什么呢(下流?)?女儿的这些变化,从她非要买一种"保证褪色缩水"的裤子不可就开始了。天下有这种怪事,衣服要保证褪色缩水才有人买!不对,在买这种古怪的裤子之前已经出现征兆,不知怎么她忽然不肯喝稀饭了,银闪闪、黏糊糊,令三十年代的孩子感到家庭温暖的稀饭!不知怎么她忽然不肯吃红烧肉了,热腾腾、油光光令三十年代的孩子垂涎欲滴的红烧肉。就在孩子不喝稀饭喝可口可乐、不吃红烧肉吃汉堡包的时候,一切大变,无可控制。追本溯源,防微杜渐,齐家之道第二条应该是:别让孩子吃汉堡包!然而也晚了!

只好安慰自己:说来说去都是小事,大丈夫提得起、放得下,何足介怀。有些事知易行难,提得起硬是放不下。结果,安慰的话也成了抱怨。记得哥哥死后,嫂嫂整天怨鸡怨狗,怨瓜怨豆,怨一些不值得抱怨的事。人生大事不多,"细故"层出不穷,抱怨永远有材料有对象。其实嫂嫂心里只有一个结:守寡的日子难熬,于心未甘。这口怨气发不出来,只能化整为零,伪装暗度,长期消耗。"我今天莫非也是如此?"宁为自问。"恐怕就是如此!"宁为自答。

一天,宁为问我:你看美国地图像不像中国地图?我说不像,美国像一块牛排。他说:"我怎么一看见美国地图就想到中国?"于是取来地图一同观察。纽约长岛像山东半岛——我只能说,纽约长岛使他想起山东半岛。佛罗里达使他想起广东伸进南海里的一条腿。两者之间的海岸线恰巧都是弧形。东北没有隆起的黑龙江,北部边境的直线,只有把外蒙古算入中国版图时可以勉强比附。西北高原,秋海棠的叶尖,完全无影无踪。但是老宁只拣两者相似的地方看,那显然悬殊之处,他便用想象补充:"如果南加州发生大地震,地层陷落,就更像云南边境了。"乖乖，我只能吐舌头。

最后，宁为告诉我，他对"抱怨"有新体验，从前，抱怨带来难过，现在，抱怨之后身心轻松，压力解除，对健康必定有益。他认为"抱怨"是一个身份地位的问题，国会议员的抱怨，谓之质询；专栏主笔的抱怨，谓之舆论；检察官的抱怨，谓之上诉。一个小人物不是议员，不是主笔，不是检察官，他的唾沫星子溅不到任何人身上，他只有"不及物"的自言自语，这就是抱怨的来源。他说，抱怨乃是小人物的权利。

那么，大理石的镇纸可以扔掉了？

非也，他说抱怨能帮助忍耐，能产生真正的忍耐。

我真被他搞糊涂了！

春至

春天来了,我想,今年纽约一带的人特别欢迎春天,去年冬天的日子太可怕了。

"冬天来了,春天还会远吗?"这句话移植到纽约来,可能有几种不同的答案。感恩节后多半有一场小雪,那是冬神的白色披风的衣角。此后阴气上升,阳气下降,天地闭塞,寒风凛冽,春天遥远,春天只是一种传闻。这里不兴九九消寒图,日子仿佛冰封了凝结了,春天很远,春天简直不会再来了。

去年,气象报告说,有一个相当温暖的冬天。这次他们说得很准,一九二九,孩子们还露着红红的小手小脸骑在脚踏车上飞驰。三九四九,草坪还一片青青,小鸟还飞来啄食。五九六九,雪花飘到半空就变成雨点,女学生穿着皮夹克,可是敞开领口,露出大片细皮嫩肉。去年,失业率节节上升,岁暮天寒之际,失业的人超过一千万,有几百万人用光了他们的失业保险金。多少人说,感谢上帝,今年冬天不冷。温暖对失业的人有利,他们可以少开车,多步行,节省汽油。他们可以把室内暖气的温度降低,坐惯办公室的人不得已改在室外工作,比较容易适应。多少人说感谢上帝,即使春天遥远,日子仍然好过。

一般美国人千万不能失业,别看他们住洋房,铺草坪,坐汽车,开暖气,这些多半是由分期付款得来。他们一生寅吃卯粮。他们摆阔,也一直发窘,一旦失业,父子不相顾,兄弟姊妹陌路,人人自顾不暇,栖栖遑遑,没有应变的弹性。唯一的安全感是保险,病了靠医药保险,死了靠人寿保险,老了靠社会保险。在未老未死未病之前,保险费是一笔负担,是所谓"吸血的水蛭",而分期付款是所谓凌迟生命。生活是个玲珑的框架,稍有压挤震摇,架子就散了。

而去年有那么多人失业。在东北部,失业者的冬季特别冷酷,幸而去冬特别温暖。看看冬威渐杀,戒心渐小,一个星期五(又是星期五),早上气象预报说要下四寸厚的雪。应该下一场像样的雪,大家听了没在意。下午,气象预报改了口,雪深将达十寸,而且有暴风助虐。出远门的人考虑要不要赶回家,上班的人考虑要不要提前下班,说时迟,那时快,风雪横扫,像把大扫帚扫翻了高速公路上的汽车,一夜呼啸,纽约地区积雪二十二寸,许多住户的门被雪从外面堵住了,推不开。家家铲雪,累得东倒西歪,有人发了心脏病。纽约市每天都有大大小小的罪案,独有这天世界洁白美丽平安静谧。

偏偏这时候,多少失业的人用完他们最后的钱。有人卖掉房子,带着家小四出谋职,有人交不出房租,夜晚睡在自己的汽车里,直到汽油燃尽,暖气断绝。专家说,你们要多穿几层衣服才容易保暖,只靠一件厚大衣是不行的,里头要有汗衫、羊毛衫、毛线衣、背心、夹克,大衣薄些无妨。天可怜见,美国人也需要这样的知识了,把暖气开到七十五华氏度以上,穿着夏天的衬衣,窗户打开一半的日子过完了吗?因失业而无家的人果然穿得臃肿,坐在街角,坐在雪地里。有人还带着睡袋,可怜睡袋有什么用。大楼的暖气系统有个废气的出口,上面盖着一个方格一个方格镂空了的铁板,流浪街头的人抢着坐在上面,睡在上面,借人家暖气的废气维持体温。电视机的镜头摇来摇去,到处有这种体态臃肿面目模糊的败兵。电视记者说,这里面有些人还年轻呢。有些人念过大学,本来一年有三万五万的薪水呢。

广告商的头脑冷静得可怕,有一家建筑公司想出一个办法来利用这些失业的人。这家公司举办竞赛,看谁在原地不动站得最久,最后的优胜者可以得到一栋房子。于是一些人报名参加,昼夜在风里雨里雪里站着,站着睡,站着吃喝拉撒。不可思议的残忍。

种种景象震撼了坐在电视机前的人。中国移民的感伤和戒惧可能最深最大,他们知道自己在美国的地位脆弱。这就是为什么中国家长尽其所能逼迫子女用功,以便在泳赛中不致灭顶。有一位侨胞在看了电视新闻以后马上打电话来要我介绍良师给他的儿子补习中文。他说深深感到只有用英文谋生的能力是不够的,必须也有用中文谋生的能力。如果有一天,同样的大萧条落在下一代的头上,他希望他的儿子可以回到自己的国家。

现在冬季的噩梦已成过去,现在是春天。春天虽远,终于还是来了。这是一个特别可爱的春天。下一个冬天还遥远。

至亲好友

赵——制造"美国熏肠"的工人,男,中年
钱——男,中年,比赵年长几岁。
孙——男,比赵年轻。
时——现代。
地——美国某大城市。

钱:老赵,听说你要辞工不干,打算星期一不去上班了。怎么回事?中了"乐透"特奖啦?

赵:奖是没中。班是再也不能上了。

钱:为什么?

赵:我累了,厌烦了,恨死了!

钱:小孙,这是什么理由?我怎么听不懂?你听得懂吗?

孙：赵大哥，就是不做，也得骑马找马啊！

钱：既然有马可骑，又何必去找另外一匹马呢？能准比这匹马强吗？

赵：我也没有马可找。我是干不下去了，你们别逼我，我快要疯了！

孙：这么严重！

钱：赵老弟，这里有一句话，除非是至亲好友不会说出来。咱们人到中年，拖家带眷，手停口停，不干怎么办！

孙：赵大哥，到底为了什么，你能不能让我们知道？

赵：我干这份工作已经八年了，对日抗战也不过八年。抗战还有星期天，我们连星期天也照常加班，每天都摸黑出门、摸黑回家，早晚两头不见太阳，这种日子你能不腻？

钱：嗯！还有呢？

赵：工厂的那个老板，整天都在厂里，你什么时候一抬头，什么时候可以看见他那张无情的冷脸，他是连一秒钟也不让你糟蹋。他简直是个机器人,你不论什么时候犯一点小错,他都能马上发现。他也是个奴隶主,只是手里少根鞭子。

钱:嗯。还有没有?

赵:顶奇怪的是,他自己的表情像个僵尸,偏又要求做工的人表现得又活泼又快乐。早晨上班的时候一见面,跟他说 Good morning,找题目称赞他一句,你得笑逐颜开,朝气蓬勃。要是女工,得七分恭敬之外,还带上三分甜,要不,他拉长了脸不理你。午餐的时候,你得会说笑话,会手舞足蹈,你得能惹得大家笑,或者你跟人家一齐哈哈笑,要不,他就点你的名:某某,你没有自信心啦?没有信心,工作是做不好的啊!或者:某某,你不爱你的生活?不爱生活的人,做不好你的工作!

孙:奇怪,你的老板,怎么跟我的老板一样?我有个同事,死了母亲,自己没有合法的签证,不能回去奔丧,每天哭丧着脸见人。我那老板说了:你要快乐啊!不快乐的人对工作是不会忠心的啊!是不可靠的啊！钱先生，你看，是不是老板都受过训，进过训练班？

钱：你怎样应付你的老板？

孙：看报啊，看电视啊，找笑话资料啊！

赵：我也看报、看电视，我看的是中文报、中国电视，根本没什么可笑的事情。

孙：我替你搜集，每天一个。

赵：我那几句英语啊，有笑话也讲不好。

孙：我头一天晚上替你录在录音带上，你先恶补一下。

钱：孙老弟年纪虽然轻，人倒是古道热肠，所谓至亲好友，原该这个样子！老赵，你也改改主意，别再坚持了。

赵：我已经披星戴月，在那里笑了八年了。

钱：再笑八年，你的小儿子也大学毕业了。

孙：你讲八年笑话，英语也是高段了！

赵：有件事，本来不能对人讲，可是两位的情意比至亲还亲，比好友还好……

钱：你尽管说，有困难，大家一齐当，有秘密，大家一齐守。

赵：大概是一个月以前，我在工厂里，忽然把午饭都吐出来。

钱：吃坏了肚子？

赵：从那一天起，我每次吃完了午饭，马上就吐。

钱：看医生了没有？

赵：现在更严重了，早晨起来，出门上班以前，一看见早饭就吐，这时候胃是空的，我就吐清水。吐出好多的清水哟！

孙：赵大哥，我看你得照照胃镜。

赵：不用，我自己比镜子还明白。我天天上班做熏肠，做了八年，我亲手做的熏肠也不知道堆起来有多高，我想，把我一家四口都埋在里头，你们绝对看不见。

钱：老弟，干吗要埋在里头？

赵：有一天，我忽然觉得熏肠这东西不是熏肠，是大便。

孙：啊？

赵：是肠胃不怎么健康的人，天热上火，拉出来的屎橛子。我天天在屎堆里混生活，真恶心！所以我会吐，我巴望赶快下班回家。可是现在家里也不行了，家里也处处是大便。睡觉，我觉得我睡的是大便床；吃饭，我觉得我捧的是大便碗；我住在大便做成的房子里，用大便喂我的老婆孩子。这种痛苦谁知道？这种痛苦谁知道？

孙：钱先生，看这个样子，赵大哥该休息休息。我有一位同乡长辈，在旧金山卖饺子，他昼夜不停地包饺子，晚上上了床，两只手抓起被单捏来捏去，拿被单当饺子皮，他是不由自主。有一天，他正在包饺子的时候，抬头一看，外面走进来一个怪物，身体是人的身体，头是狗的头。他大吃一惊，仔细再看，原来走进来的是他的儿子。他这才痛下决心告诉太太：咱们休息，饺子不包了。

钱：唉，老弟，如果咱们是百万富翁，开工厂做老板，咱们也不做熏肠，那东西吃多了会得癌症的啊！可是现在，咱们哪有资格挑人家？是人家挑咱们啊！咱们外头不能换，但是里头可以换。

孙：什么是外头不换里头换？

钱：工作不换，环境不换，换心里的想法。

孙：像赵大哥，他心里的想法怎么变？

钱：老赵，你先别怪你的老板，他喜欢乐观进取的人，这是人之常情。想我还在台北的时候，我告诉一个朋友：我想退休了，那份差事我实在干不下去了。那个朋友毫不客气地说："我不愿意听到什么退休呀，生病呀，我希望我的朋友都快快乐乐的，都有进步。"我当时很生气，骂他势利。后来一想，他不过是坦白地说出来罢了。

赵：……

钱：老板希望你快乐，你自己也需要快乐。你不快乐，是因为你有很多"不快乐"的想法。同样一件事情，你用快乐的想法去想，就快乐；用不快乐的想法去想，就不快乐。

赵：什么叫"快乐的想法"？你能教我吗？

钱：这可是"非至亲好友不传"。

赵：咱们虽非至亲，却是好友。

钱：当然。孙老弟，你也可以沾光。

孙：谢谢！我洗耳恭听。

钱：我现在做的这个工作，以前是个菲律宾人担任。他做得很好。有一天，他用口水去封一封信，拿起信封，贴近舌尖，往左一拉，再往右一拉，他的上唇被信封划破了，立刻流血不止。就这么着，菲律宾人进了医院，送了命，据说得了破伤风。

赵：有这回事！

孙：有！我从一本书上看见，从前有个武功高强的人，能用一把纸刀杀人。

赵：你准是在看武侠小说。

孙：他能用纸杀人，人家都怕他，独有一个道士不怕。这个道士说："被纸刀杀死的人，都是倒霉的人。"

钱：这话有意思！老赵，你想想，一个人拿把纸刀横行江湖,是一件很严重的事情,武林中人要皱眉头、要失眠的。可是这个道士有他的观点,他的想法不同,他说,一个人被纸刀杀死,是倒霉倒透了顶。经他这么一"点",一件严重的事情立刻变轻松了。这就是"快乐的想法"。

赵:你也认为那个菲律宾人倒霉?

钱:不一样,差不多。那菲律宾人是个大汉,当然经过千锤百炼,怎么薄薄的一张纸,不过九寸长、四寸宽,就把他放倒了?这不是很滑稽吗?到现在,公司里的人提起这件事来没有不笑的。

赵:我就笑不出来。

钱:所以你有困难。

赵:如果他们到"大便工厂"去干几年,也笑不出来。

钱:这倒不一定。你不是说,你们也有很多同事能嘻嘻哈哈的吗?

赵:是啊,我一直纳闷。他们怎么能够呢?

钱:他们怎么能,不会告诉我们,因为"非至亲好友不传"。如果我到你们那儿去工作,我不会像你这么作茧自缚。第一,我不会说,熏肠的模样像大便。

赵:它明明像大便嘛!

钱:就算像大便吧。你想,美国佬这么神气,像大便的东西他们也吃,而且有人特别爱吃,这不是很滑稽吗?他们瞧不起你,可是你每天做大便给他们吃,不是很痛快吗?你的老板,才睡在大便做成的房子里,端着大便做成的盘子吃饭,并不是你。这样一想,他那神气十足的样子不是成了开心果?这个世界多有趣啊!

孙:您这么一说,我倒想起来了。我们家乡有很多乞丐,他们的神情都很快乐,我六七岁的时候很羡慕他们,希望自己将来也做乞丐。乞丐为什么也能快快乐乐地活下去呢?后来,我长大了,有一个人熟悉乞丐的生活,据他说,乞丐白天沿门乞讨,晚上到破庙里住宿,几个乞丐谈论白天行乞的经验,把他们讨到的钱拿出来欣赏,一面欣赏一面说:"这一个钱是我的儿子给我的。""那一个钱是我孙子给我的。"甚至有很不像话的话,说某一件东西是他的小老婆给他的。大家嘻嘻哈哈,其乐融融,养成了他们快快乐乐的人生观。

钱:昨天,我带小孩子到菜场买肉,孩子故意问我:"猪是怎么死的?"我说:当然是人杀死的呀!孩子说:不对,猪是"笨"死的。我听了非常惊讶,问他哪里来的这种想法。他不回答,只是高兴。我小的时候,村子里杀猪是一件大事,每逢有人杀猪,老奶奶老婆婆都觉得难过,她们说,猪太可怜了。如果她们能说"猪是笨死的",心情就不会沉重了。——老赵,你认为呢?怎么不说话?

赵:听你们的意见,我好像一下子掉进冷水里,脑筋简直麻木了。我从没想到"猪是笨死的",叫我接受这种看法,实在很难!

钱:现在当然很难,你可以慢慢地调整。据我所知,这个方子真能治病。刚才孙老弟说,有人包饺子,不快乐,包不下去了。我知道一个人,在唐人街开了个小吃店，东西好，每天晚上都有很多人在门外排队，生意既然兴隆，辛苦紧张自然不必说。日子久了，内心的苦闷也不必说。可是他的店一直开到现在，以后还会继续开下去，他怎么支持的呢？有一天，他忽然觉悟了，他说，你看门外排队站着那么多人，不是活像一群乞丐？那些家伙，管你十万美金一年、八万美金一年，还不个个在那儿等着我打发？让他们慢慢地等吧，老子不在乎。他这么一想，夫妻不吵架了，夜晚也不用吃镇静剂了。

赵：我现在知道人心为什么越来越坏了。

孙：此话怎讲？

赵：照你们的主张，人只有心术变坏，才觉得快乐。

钱：我可没有这样说。孙老弟，你这样说过没有？

孙：我也没有！

赵：如果我实行你们的主张，要想不变成坏蛋是不可能的。

钱：老赵，你这是狗咬吕洞宾。我有言在先，我的那番道理，非至亲好友不传。你怎么拐弯抹角骂起人来了？

赵：我没有骂你，我是说，要是那样做，我只有变坏，不能变好。

钱：你为什么一定要变坏？你在工厂里一面工作，一面想："龟儿子，格老子喂你吃大便。"然后你笑了，不用呕吐了，老板也高兴了。然后回到家，你还觉得开心，就不会找碴儿打孩子，做个好父亲。你觉得还有精神，就帮隔壁老太太剪草，做个好邻居。你会领到加班费、工作奖金，你才有钱捐给教堂，捐给同乡会，去帮助别人。你照样可以做好人。

孙：对啊，赵大哥，像你这样失了业，没有收入，又能有多好？总得自己先好，才谈得到对别人好啊！

赵：我说不过你们，但是，我觉得你们有些怪怪的。你们这是诡辩！诡辩！

钱：神辩也罢，鬼辩也罢，问题总得解决。你如果另外有高明的办法，我今天晚上说的话，权当是汽车发不动了,放了一连串的响屁。无论如何,我是尽到了朋友的心。不早了,明天一大早还得上班,再见吧。

孙:再见,我也走。

赵:无论如何,你们都是为我好。也许我弄得你们很不开心,十分罪过。不过,按照你们的理论,你们今天晚上活该不快乐,这是你们自找的,自愿的。——我这样说,你们做何感想?

钱:我很高兴,因为我的话你总算听懂了!

单向交通

醒仁我兄：

内子佳婷似乎在纽约撑不下去了。她昨天突然来了个电话，说打算回国。她一向节俭，这次却在办公时间电话费最贵的时候和我通话，定是内心压力太大，无法等到减价时间再倾吐出来。当然，我拿着话筒，怔了。在这次通话以前，她从没有说过她要放弃我们预定的目标，我只是对她一个妇道人家带着一个孩子出来冲锋陷阵觉得不放心，觉得敬佩，有时也觉得惭愧，却从无接受挫败撤退的心理准备。我问是不是出了什么事情？是不是发生了意外？是不是移民局发觉她非法打工？是不是孩子生病或者逃学？我再三追问，她都坚决否认。她只是说她"想"回来。

好一个"想"回来！这是何等事，岂能"乘兴而来，兴尽而返"？她母子在美国逾期居留，非法打工，一旦回来，难以再凭普通签证赴美。儿子已经在纽约读了三年小学，怎样适应国内的课业？三年来，我决心放弃一切可以升迁的机会，念英语，学开车，熬退休，准备有一天移民成功，和她团聚，和她创业，倘若前功尽弃，用什么补偿？我连忙在电话里给她打气，劝她坚持到底。移民诚然困难，比预先设想的情况困难十倍，但我相信电影《真善美》里的一句话："美国没有绝人之路。"别说那只是电影而已，那可是根据真人真事拍成的！据我所知，移民是个时间问题，只要锲而不舍，机会终有一天出现。我告诉她，千万不能半途而废，我们投下去的太多了！太可惜了！

当然，佳婷是一个女人，又带着孩子，漂洋过海，举目无亲，三年能支持下来，已经很不错了。当初实在不知道申请移民要拖这么久，以为最多一年就可以办妥。我这人还算小心谨慎，当时多方打听，找到了许多证人,他们都一年左右拿到绿卡。佳婷这才牵着孩子,挺着胸脯,上了飞机。当初这样安排了,现在无从改变,就像画水彩,只能画下去,不能修改。移民这玩意儿一步错,步步错,既然错了,只好错到底啦!唉!

我想,佳婷不是那种有始无终的人,她现在可能突然遭遇到很大的困难。纽约市恶名在外,举世皆知,什么事情不可以发生?不堪设想,不能不想,会在大太阳底下想出一身冷汗来。这三年,我也曾下过两次决心,要佳婷回来算了,那时佳婷不肯,说回来怕人笑话。现在佳婷想回来,反倒是我不甘心了。这是关系舍下全家未来的一件大事,为此麻烦一下老朋友,想不为过,老兄住处,离纽约市不远,可否请兄驱车一行,找到内子,察看近况,倘若只是一时情绪不安,我就放心了。

专此拜托,敬祝

侨安,并嫂夫人有福。

寿夫　三月三日

醒仁我兄：

三月三日函想已收到。佳婷在纽约所以焦灼不安，竟是小女捣鬼，这孩子写信给妈妈："你到底什么时候回来？还要不要我这个女儿？我好孤单哟，好寂寞哟，你再不回来，我要偷偷地交男朋友了。"佳婷最难放心的，是女儿一年年大了，没有母亲照顾教导，不知变成什么样子。见信后惊惶失措，彻夜不眠。第二天餐馆上班，一连做错了三个菜，受女老板责骂。据说女老板精明刻薄，大概佳婷早已忍了许多气，这天心情实在恶劣，就和女老板拍桌对骂，小儿见妈妈势弱，也上火线做了童子军，一场大战下来，整个小餐馆狼狈不堪。

可怜佳婷，她本是一只小鸟，我怎样也无法想象她拍桌骂人。她一定改变了很多。好在争端平息了。女老板前倨后恭，再三挽留佳婷不放。佳婷在餐馆工作沉重，有一次她请了三天病假，女老板得找三位"少数民族"来代替她的一份工作，女老板既然精明，当然不愿在这方面吃亏。女老板特地带着佳婷去看律师，律师对她说，申请移民要过三关，现在两关过去了。只得听之，就算是假话，也得等它穿帮。从此日出日落，日长日短，又得如梦如烟地熬上一阵子了。

我想夜长梦多而事在人为。天下的社会都是人组成的，钱能通人，美国更不例外。佳婷申请移民的案子不知卡在什么人手里，为求打通关节，我和佳婷都肯花钱。醒仁兄！我们是老朋友，这几年虽然你来信不多，但相信情谊俱在。老兄在纽约多年，不啻是一尊土地爷，哪个律师"朝里有人"，谅逃不出你的法眼。如今等于朋友有难，务必请你替我奔走一下，若能在三个月到六个月之间拿到绿卡，他要多少钱，咱们给！佳婷这几年非法打工，存了一些钱，既是"非法"得来，可以心平气和地送给人家。我们隔着半个地球，倘若事事和我商量，太费时间，现在事态急迫，分秒必争，一切技术问题由兄当机立断，佳婷储款以待，随时配合。至于如何酬答我兄义风，自是后话，此时姑且按下不表可也。

敬祝！

合家好！

寿夫　四月十日

醒仁兄：

移民案仍无音讯。我和内子，是两只热锅上的蚂蚁，当律师说三关已过其二时，曾稍觉清凉，现在灶温步步升高，又要急死人了。这是一种周期性的焦灼，是精神上的寒热病。此中况味，是局外人绝不能体会的。

在医药卫生落后的地区，有很多人是害疟疾而死的。周期性的焦灼虽不能杀人，却可使人疯狂。咱们的朋友屈申，在美国奋斗七年，无功而还，一下飞机就嚷着自首，说自己是个间谍。这自然引起一阵骚乱。后来他回到家里，我登门探望，他劈头就问："你太太还在美国，对不对？"我叹了口气，说是。他跳起来，指着院子说："你滚出去！"屈大嫂当场大哭，把我送到大门外！逼着她的小儿子给我磕头赔礼。后来知道老屈恨一切在美国的人，恨一切想到美国的人。可怜的老屈，令人同情，他一定在美国受够了委屈。可是，我的问题也很严重，这样下去，我到底有没有资格同情他？

我近来脾气急躁，常和女儿争吵，有时气极了，就胡乱体罚几下。她挨了打，抿紧嘴唇不声不响，我又觉得这样还不如争吵，因为争吵时我还可以知道她心里想的是什么。佳婷现在也怪，信少，电话里半天才说一句话。我只好跟小儿子聊，他说妈妈现在常打牌。我的天！她本来不会打牌的呀！餐馆每天工作十六小时，周末照常营业，又哪来打牌的时间？

我越想越觉得不妙。三十六计，以我赶快到美国跟太太会合为上，退休金是身外之物，不必贪图了。我家那小妮子，十九岁了，我为她打算，反对她交男朋友，省得在移民的时候留下眼泪牵挂，万一由恋爱发展到结婚，她就不能在移民名单之内，因为我只能携带未婚的子女。也罢，干脆早日把她带去交给她妈！

佳婷既在美国逾期居留，我再申请签证一定有困难。但是美国非来不可，女儿也非带不可，美国没有绝人之路！如果顺利，个把月后，咱哥儿俩就可以痛痛快快干一瓶茅台了。管它有卡也罢，无卡也罢，我是再也不走出美国国境一步，美国这个大监牢，实在太难进去了。

寿夫　九月一日

醒仁我兄：

我说过我是一个谨慎的人。现在房子卖了，工作也辞了，破釜沉舟，更不能失败。"多算胜"，我设想万一下了飞机却不能入境如何是好。"拿到签证并不表示你一定能进入美国，得海关移民官批准入境你始得进入美国"，这虽是一句官样文章，却也有兑现的例子，所以不能不预为之计，以备万一。

我在此得到的名人指教是：先到英美共管的某小岛观光，由英管区进入美管区，再由美管区加签美国本土。如果移民官拒绝我进入本土，叫我搭下班飞机回去，万不可从。对抗的办法是要求移民法庭举行听证，由移民法官裁判。移民法官的态度多半是折中调和，准你进去，但期限很短。期限长短毫不重要，一天和一年相同，以后一定是逾期居留。应付这个局面得请一个律师。据说，一旦被移民官拒绝入境，我就失掉行动的自由，律师必须在下一班回程飞机的乘客登机前出面处理，把我保出去。时间迫促，这个律师得预先请妥，在飞机降落后与他保持"热线"联络。

醒仁兄！我一再写信来麻烦你，心里实在过意不去，但是，出外靠朋友，我兄居美十五年，定能体味这句俗谚。我托你办的事，你未必件件照办，我想，有的不能办，有的不愿办，那些事由它去！至于替我请个律师，应该轻而易举，兄纵然甚忙或甚懒，亦务必勉强行之，这可是做好事、积阴功啊，我家世世代代都要感念不忘。替兄设想，兄若有理由踌躇不前，这个理由必然是律师费高昂，兄不愿代作决定。我要一个好律师，又要他特别盯住我的案子，律师费当然不便宜，我十分明白，哪有进了开刀房跟医生争执手术费的病人？兄尽管做主好了，弟事后除了感谢，绝对不会有第二句话！

据此间专家分析，弟成功的希望为百分之九十九。若那百分之一的变化不会出现，这是我最后一次向你求救了。在美国生活，一切问题我能自己应付。行有余力，尚可为我兄略效犬马之劳。中国人到了外洋，见面三分亲，何况咱们相识二十一年？

不多写，其余的话留着见了面再谈吧。

寿夫　九月十日

醒仁我兄：

你大概觉得奇怪：这家伙怎么没有动静了？世事多变化，莫道人生如戏，戏其实不及人生。出发的那天，我的女儿忽然不见了，左找右找，找到了她留下的一封信，说是对移民没有兴趣，她要结婚去了。跟谁结婚，在何地结婚，全无交代。这岂不是私奔？虽说时代文明开放，私奔总没有什么光彩，而且父女之间，代沟如此深阔，岂不令人失望伤心？立时头昏眼花，有全盘皆输之感。到附近一所小医院去量血压，医生立刻命令护士推过活动病床，要我躺着不动。他一面观察我的血压，一面劝我："你要是有什么心事，把你的心事放下；你要是有什么脾气，把你的脾气收起来。你现在什么也不要想，跟着我念一个字：一——"念了几遍，我抽空插进一个问题："很严重吗？"医生不答，注视我，用眼睛命令我跟随他："一——"

既然进了医院，少不了吃药打针，但是那医生显然更看重他的"一"字咒语。我暂时不生气，也不思量要不要独自一人如时登机，更忘了应该退掉多余的那张机票，就一心一意跟医生合作，默念了几千遍"一"字。终于，医生说："你可以起来了。"

然后,"你可以回家了。回到家里,时时刻刻念这个一字,保你延年益寿"。我听见外面又有看病的人要进来,决定告辞。谁知进来的不是病人,是内子佳婷,带着小儿。模糊中,孩子长高长壮了不少,我一惊非同小可,又不能自主地坐下去。医生又想量我的血压,又叫我躺到床上去,我哪里听他,耳朵里只有孩子的叫声:"爸爸!"这一叫,把我出了窍的灵魂叫回来,把我涣散了的意志重整了。我一跃而起,牵着孩子对太太说:"咱们回家!"

其实我哪里还有家?房子的钥匙刚刚交给了买主。我只有带着太太孩子找旅馆。佳婷怎么回来了呢?她接到女儿的信,知道女儿要出走结婚。这只是压力之一,另外,我那儿子常常向她要钱,越要越多,问他要钱做什么,答案破绽百出。后来教师找佳婷谈话,说出令人血液凝结的内幕,他躲在厕所里抽大麻!佳婷听了一言不发,抓起一把眼泪往地上一甩,上了飞机。

现在,我写这封信给你的时候,我们已经把女儿女婿全找到了，其实是女婿带着女儿回门认罪，这小子识大体，有担当，我喜欢，进了门就磕头叫爸爸！佳婷搂着女儿，女婿和儿子拥着佳婷，四个人哭成一团，我孤零零站在一旁，自觉罪孽深重，祸不自殒。我今日家虽已破，人幸未亡，人在即家在，迷途未远，今是昨非，誓以有生之年，重建家园，一赎前愆。

醒仁兄！我写给你的信，你一封也没回，我托你办的事，你一件也没办，我不怪你，想必你也有难处。也许幸亏你没照我的嘱托从中插手，任其自然发展，结局反而好一些。谢谢你！

寿夫　十一月十七日

狼嗥声中

我们家乡有句话：总不能怕狼就不再养猪。我已经三十年没有听人说这句话了。我第一次碰见屈伟，他正准备到新泽西州南部一个小城安家落户，第二次碰见他，他说又搬回纽约来了。

屈伟是个山东大汉，宽额方颚上写满忠诚与倔强，他由山东而汉城，由汉城而大阪，由大阪而新泽西，而纽约，定有一番动人的经历吧。可是他绝口不谈自己的过去，他只谈美国。

"纽约市真正是个战场，我一进纽约就紧张。"他所说的"战场"有他自己的定义。"在乡下，这家的草坪连接那一家的草坪，鲜花开到你脚边手边来；在纽约，草坪四周围着铁丝网。在乡下，养狗是养着玩的，狗很娇，很和善；在纽约，养狗是为了咬人,狗又壮又凶。在乡下,学校没有大门,没有围墙,你随时可以踱到教室的窗外看孩子上课;在纽约,学校的边门是上了锁的,大门是有警卫把守的。在乡下,送信的人,送牛奶的人把你的东西送上五楼十楼,他的小车就停在人行道旁;在纽约,邮差必须把他的小车推进来……"

听得我悠然神往,问他:"为什么搬到纽约来?"

他不回答。

在纽约的中国人只要一息尚存就要光顾中国杂货店。在杂货店里碰见老屈,照例要问声好。满面红光,兴致勃勃的老屈昂然说:"很好,到现在还没人偷我。"

或者:"很好,我没有挨抢。"

我怪他不说吉利话。他哈哈笑出声来。"这是你们诗人教我的。我读过一首诗,那写诗的人说,他每天早上出门的时候照例问自己:今天会有谁打击我没有,有谁打算欺骗我没有。我也每天问自己:今天会不会有人踢我,撞我,会不会拿枪对准我的太阳穴。"

人是不可以完全隐瞒他的历史的,有一天,他终于告诉我他经历过大劫大难。"那时候,坐在家里,走在街上,随时准备有不测之祸。现在,也给我同样的感觉。不过仔细想想也有差别:纽约的不测是一条线,当年的不测是一张网,线容易躲得过,网就在劫难逃了。"

屈伟毫不在乎。他尽管谈笑自若,我倒听得惊心动魄。我不由地问他,既然他认为环境如此险恶,又怎么待得下去。

"我的老家住在山坳里,三面都是岩石森林,八月十五大月亮也没人出来观赏,因为三面山上都有狼狂嗥。男人夜夜搂着火铳睡觉,女人早晨打开大门第一件事也许是打扫狼粪。我很奇怪小时候怎么没被野狼叨了去。不但我长大了,家家养的小猪小鸡都长大了。所以咱们老家有一句话——"

我立刻想起那句在心底封存了三十多年的谚语,倒是他先说出来:

——总不能因为怕狼就不养猪。

老奶奶的识见

杭家老奶奶并不老,她那些老世故、老格言倒是挺管用。

杭家儿子媳妇在一家电子工厂做工,每天拂晓上路,昏夜返"巢"。那工作,照老杭的形容,跟打电动玩具一样,五官四肢都不闲着。一天八小时下来,腰痛腿酸,唉声叹气,免不了学人家骂几句资本家。老奶奶安慰儿子:"别骂了,乡下人有句话:想赚猪的钱,夜夜伴猪眠。"

有人新来美国,到杭家暂住,老杭把他介绍在一起打工,每天早出晚归,还随时拿工作方法辅导新人。那新人何等了得,不消三个五个月,自己的独生女儿做了工头的干女儿,下一步就是笑嘻嘻地排挤老杭,说老杭技术生疏,工作粗心。老杭气极了,回家坐在餐桌上发呆,杭太太直嚷奇怪,怎么人来到美国会变成这个样子?老奶奶说:"别烦恼啦,没听说过人不为己天诛地灭吗?以后多为自己打算就好啦!"

逢年过节,老杭他们寂寞极了,且邀些三朋四友吃吃喝喝,说说笑笑,把中华文化的优点,美国生活方式的浅薄,细数一番。有个客人说出一则掌故,说美国人失业了,向他的父亲借钱交房租,他的父亲说:"对不起,那是你的问题!"大家慨叹人情太薄,又问老太太有什么意见。老太太说:"你们没听说吗,爹有娘有,兄有弟有,夫有妻有,不如自己有——钱!"

婆婆媳妇谈家常的时候,老人家慢条斯理地说:"来到美国以后,这个怨天,那个尤人,说美国人的心肝肠肺生得怪,中国人没法跟他们相处。依我看呢,这些人只读新书,没读过《增广昔时贤文》,这本书也不知在台北买得到不?要是买得到,你们多买几本来。"《增广昔时贤文》里头说些什么呢?老奶奶说:"我也记不清楚了,你们褒贬美国人的时候,我还能想起几句来。像'劝君且看筵前酒,杯杯只敬有钱人'啦,像'儿大不由爷,女大不由娘'啦,这些都是古圣先贤早已说破了的,何必再大惊小怪呢?"

关于中国人怎样适应美国社会,人人有自己的心得意见,流行的说法是中美文化有异,中国人得丢掉自己的文化包袱。就像一位作家所说,中国人是怀着文化的胎来的,来到之后先得"堕胎"。杭老太太倒是没有这个感觉,她接触新事物能够回头从旧经验找到解释。在她老人家的影响下,老杭夫妻俩可以心平气和地过日子了。

这天我在杭家作客,门外有个胖嘟嘟的纯白男童站在人行道上大喊"乔治"。老杭伸头一看,自言自语:"这不是邻家小杰米吗,他穷喊个什么劲儿?"邻家大门一开,走出一个胖嘟嘟的小老头,问:"什么事?"杭老太太伸头一看,自言自语:"这不是杰米的爷爷吗!"只听小男说道:"乔治,我的球落到房顶上去了!"老杭大惊:"怎么!他叫他爷爷的小名!"一家老少四口都凑到窗口观看、叹息。老奶奶这次完全沉默,一言未发。

半晌,老杭的儿子,大概六七岁吧,缠住老太太:"奶奶,你有小名没有?我能不能叫你的小名?"

这回《增广昔时贤文》不管用了,老奶奶推开孙子,吼了一声:"你敢!我掐死你!"

天风逅

你能在纽约街头忽然碰见熟人是奇迹，你在唐人街遇见熟人却稀松平常。

当我在饺子馆面前和老陶不期而遇的时候，我心里就这么想。虽然我们彼此都不知道对方在纽约，却也认为在这里相遇十分合理。

这天天气很冷，老陶穿着花格子羊毛衫，米黄牛仔裤，一副老美国的打扮。他说："入乡随俗嘛！中国城是个欺生的地方，我不能让人家一眼看出来我是个新人。"在哪里工作呢？有什么打算呢？按照美国习俗这些问题是不能问的，不过我还是按照中国的风俗问了，老陶也按照中国习俗回答："说来话长，到小馆里头谈。"

面对面坐定，我发现老陶少了两颗牙，加上灯光是从他背后射过来,以致显得他的口腔像个污秽的坑洞。为什么不镶起来?

省钱。

何苦!省了钱做什么呢?

他用那不健全的牙齿咬着饺子囫囵不清地告诉我,他通过一个有钱的人捐了一万块给什么机构,那机构用这笔钱发薪水聘他工作,为他办理第六优先移民。他得节衣缩食省出这笔钱来。"人家能帮这个忙,是大人情,大面子!"这几句话倒是字字清楚。这件事,无论照美国习俗还是中国习俗,都不能发问,只得默然。只听他愤愤地说镶牙太贵,贵得岂有此理,镶一颗牙也按整排假牙算钱,他偏不镶!

下一次遇见老陶,是一年以后了,无巧不成书,地点仍在唐人街。这一次,如果不是他先招手,我也许交臂错过,因为他的脸变了形,左右不对称,换句话说,歪了。听说中风的人嘴歪眼斜,我没亲眼见过,难道就是这个样子?慌忙中问了句:"你好吗?"

他倒镇静。"很好,除了牙齿。"我这才注意到他的牙又少了几颗。"牙周病！你懂吧，牙周病是无药可治的！"我想起来了，电视上有个广告员，手里拿一把七零八落断齿的梳子，向患牙周病的人提出警告。老陶的牙齿可不就跟那把梳子差不多？他左边的牙快掉光了，口腔瘪下去，脸颊就往右倾斜。老陶还是不在乎："牙周病到了这个程度还镶什么牙？你干脆等它掉光了，镶满口新牙，一劳永逸。现在何必白糟蹋钱！没有用的！"

他忽然想起一件事来，指着门牙："倒也不全是牙周病。这颗牙，你看，是碰掉的。有天晚上朋友打电话给我说，十一号电视台正在放映台湾风光，画面上有个孩子很像我儿子。我一听，没命地往客厅跑，一跤扑在茶几上。捂着嘴巴打开电视机，总算看到了孩子，可是我不认识他。"

那么，移民办得怎样了？谈起这个问题，老陶倒是很兴奋："快了，总还得一年。他们答应继续支持我，我已经把第二年的捐款凑足了，刚刚交出去。"

我冒了一个险："老陶！事情可靠不可靠？"这

个问题大概也是中美习俗都不许询问的。

老陶没有听见我的问题,继续谈他的牙。他说,上星期他去看牙,诊所里有一个老翁正向医师苦苦哀求,说是牙痛难忍,非拔不可,而医师说什么也不肯,因为老翁的牙齿很坚固而心脏很脆弱。"可见牙齿生得太好将来也麻烦。趁早拔光也是塞翁失马。等到移民办好了,第一件事情是镶一口假牙,那就再也不会牙痛了。"

不见老陶又是两年了。有时想起他,总是忘不了甩不掉那赤裸无助的牙肉,像看见了失去介壳的蚌那样令人沮丧。我真想再遇见他,看见他有洁白的严密的两排假牙,改变我已有的印象。可是我始终没有得到机会。

门前雪

我不知道看见过多少篇抨击"各人自扫门前雪"的文章,如今却不料有人热心提倡。在我们预定搬家的日子前两天,天降大雪。新地址的房子业已空出来,没有人住,也就没有人铲雪。而雪封道路,公车停驶,我又无法专程前往一行。

据说,你不铲雪,如果有人在你门前的人行道上滑倒了摔伤了,他爬起来就去告状。即使他不告状,我也不愿意制造意外。想来想去,决定打电话给我未来的新邻居,一个面貌酷似林肯的人,问他能不能找附近的少年人来替我铲雪。当然,我说我愿意从优付给工资。

我不知读过多少文章,都说美国人从小就有独立的精神和赚钱的观念,雪降之后,总有小朋友三三两两扛着铲子出动,看见谁家门前还没有铲出一条通路来,就敲门提供服务。莫非这些话已经成了隔年的皇历,我的邻居竟说他不可能替我找到这样的人。他说雪是要自己铲的。及至我说明我的困难,他又说不铲雪也没有关系。那么,要是有人在门前跌倒了呢?他顿了一下,爽快地说:"既然你这么多虑,我就替你铲一次吧。"

下次降雪时,我们已经搬了家,已经谢过我们的邻居,已经认识了更多的邻居。这时才发现,那替我们铲过一次雪的芳邻年事已长,气力不济,在雪地里铲铲停停,扶着雪铲俨如一个打高尔夫球的人。虽然如此,他仍然把自己的门前屋后料理清楚。我本想上前搭一手,他诚恳而坚决地说,他不需要我帮忙。

第三场雪是星期天深夜瞒着人落下来的。周一黎明,四周响起"嗤,嗤,嗤",那是雪铲跟水泥路面摩擦,竟使我想起"长安一片月,万户捣衣声"的名句。自己急忙整装就位,见四邻八舍都在户外,隔得远的挥手，离得近的问好，这些平时难得一见的邻人，这番来了个大会串，大拜拜，好不热闹。

利器在手，工作方便，不要多大工夫，我把自己分内的事做完了。铲到我和隔壁邻居交界的地方，一时兴起，"嗤，嗤，嗤"向前推进了三尺。芳邻一见，急忙赶过来阻止，瞧那模样，竟像是我侵犯了他的权益。按照美国风习，我此时也许需要道歉或解释，但是按照中国风习，我没有睬他，只是退入自己的"疆域"。

对门两家的男主人都是面团团的虬髯客，不问也知道他们是兄弟。兄弟俩当初买房子比邻而居，可见手足情深，上个月刚刚举行了家宴，可见亲情未减。说到扫雪，这边的一家十分准确的铲到两家的分界线上戛然而止，几乎一厘米不多、一厘米不少。这一家收工进屋，那一家犹窗帷深垂，不知是高卧未起还是通宵未归。屋宇庭院依旧是浑然一色未被破坏的粉妆玉琢。

为什么不能帮助你的邻人？中国不是极其讲究

睦邻之道吗？以后每逢铲雪，铲到那无形的楚河汉界，总觉得一阵手痒，我得连忙悚然警觉，及时打住。跟人闲谈时，我把这种令人手痒的力量名之为手痒的文化。我认为"痒"优于不痒。

可是一个老美国告诉我不是这个样子，"各人自扫门前雪"并不是一句反话。试想，倘若混合铲雪或者轮流合并铲雪，必定有人觉得自己铲宽了、别人铲窄了，或是自己铲长了、别人铲短了，或是自己次数多、别人次数少，暗中滋生抱怨或不平，在功过难分、劳逸难均的大锅菜中，人人都以为别人多夹走了一块肉，大家非但不能增长感情，结果恐怕适得其反。

他的结论是：自扫门前雪不够亲热，那一点儿有限的温度却能持久。所以，"下次你再觉得手痒，就自己打自己的手心罢！"

保险箱

之一

报纸是现代人的欢喜冤家，看不见它，寂寞；看见它，恐慌。

前几天地方报纸的第一版头条新闻是，劫匪冲入一家中国餐馆，开枪打死了老板。抢劫业已得手，老板并未抵抗，开枪毫无必要，结果仍要开枪杀人。

第二条新闻是，本市在昨天一日之内发生了七十七处火警。这个数字很"巧"，但是读来一点也不轻松。像我们这个小区，全是木造的房子，谁家一旦起火，转瞬即可化为灰烬，推销灭火器的人在这一带兜不到生意，因为装了也是白装，来不及派上用场。而这一带还是所谓"好区"！

正在触目惊心，电话铃突然响了。传声筒里，陈孚问我是不是可以陪他到银行去租个保险箱。就在这一刹那，我想起很多事情。

陈孚是带着他八岁的儿子来的。抵埠不久，就四处张罗给儿子请英文家教，有人劝他不必操心，把这个年龄的孩子放在英语的环境里管保无师自通。这话他哪里听得入耳。他终于登了征求家教的广告，还包了一个大红包去央告一位名教授替他用电话甄试，唯恐教师发音不准，文法错误，耽误了孩子。这件事引得我们谈论了许久。

有一天，我站在街口等绿灯，遥见陈孚牵着孩子，由悬着五星旗的电影院里出来。陈孚说，孩子吵着要看国语电影。我低头一看，孩子的黑眼珠又大又亮，暗想这样的眼睛应该多看几部好片子。这家的影片究竟什么地方特别出色？陈孚说："片子平常，可是我只能带他进这家电影院。""为什么？""我知道在这家电影院里所有的演员都是穿着衣服的，如果换另一家，谁也没有把握。"我听了，大笑不止。

这件事又给认识他的人在茶余酒后添了话题。

陈孚最近有重大决定,他要开店。朋友劝他站柜台的事干不得,不知哪天会闯进一个煞神来给你一枪。陈孚的反应是立刻去买了三十万元的人寿保险,大有不惜一死的决心。一旦开了店,人在店里,家里要是失火呢?他真想得周全,租保险箱正是他的"无缺点计划"的一部分。

值钱的东西,陈孚都投在生意上,家中可以说已无长物,但是,在他看来,他的几册相片簿才是无价之宝。来美之前,他带着儿子四处照相,出生的医院、读书的学校、游戏的公园,照过了;名胜、古迹、高楼、公路,照过了;至亲、好友、上司,照过了。他带着孩子去找一些功成名就的人,要求他们和孩子合照,说他们是孩子的榜样,挨了警卫和秘书许多白眼,不过照片上的大人物仍然是和蔼的。他说,等到孩子长大,成为青年,会发现这些东西的价值;如果不然,那就等孩子进入中年吧。这些照片必须妥为保存,纵然房子烧了,做父亲的死了,孩子仍然有历史,有回忆。孩子不会忘本,即使学坏了也会回头。

他选了一个大型的保险箱,要求一次付足十年的租金。管理员是个白发的婆婆,她大概不想十年以后的事,怔住了。还好,她们终于接受老陈的慷慨托付。我们离开银行的时候,老婆婆还坐在那里怔着呢,大概她是设想十年以后一个英气勃发的青年来此开箱取物的时候,这里已是人事全非了吧!

之二

颜知机跟我说这件事的时候,嘴唇发抖。

"这几十两黄金,是我一家活命的本钱,要是一下子全丢了,后果还能设想吗?真可怕啊!"

事情是这样的:他来到美国,住在内兄家里,每个周末,内兄开车带他一家找房子,顺便提议合伙做生意。合伙的生意难做,他说没有钱。也的确没有什么财产带出来,左右不过是几十两黄金而已。

这命根子不能放在亲戚家里,也不能放在自己家里,唯一的办法是到银行里租个保险箱。

他说:"金子进了保险箱,还是不免牵肠挂肚,每隔几天就去打开箱子看看。管保险箱的是个秃了顶的老头子,人挺和气,可是慢慢地我对他起了疑心。

"每次开过箱子之后,那老头子总要到那间木板隔成的小屋里去,把字纸篓里的东西倒出来搜寻一番,什么意思呢?他曾经在字纸篓里捡到过便宜吗?

"每次那老头子接过箱子,放进保险库的时候,总要掂一掂箱子的重量,我很不喜欢这个动作,什么意思呢?他在猜测我有多少金子吗?

"有一件事最不合理,每次开箱之前,先要在一张印妥的单子上签字。单子上说些什么呢?我拿回一张,扳着字典研究,原来是:我这一次打开箱子,看见箱子里的东西,跟我上次把箱子放回去的时候完全一样。我要在这段文字下面签字,而我签字的时候根本还没有开箱子。我对那老头说,我得等到看过箱子之后再签,那个老家伙突然发了脾气。这算什么名堂？不是比中国从前的当铺还厉害吗？"

下面说到紧要关头，颜知机的话断断续续，不能一气呵成。他的意思是，保险箱的钥匙虽然在他手里，他自己不能锁保险箱，必须把钥匙交给那个老头代行。这似乎是银行的规定，怕没有经验的用户自己锁不好。一个念头悚然掠上他的心头：要是那老头利用这个规定故意没把箱子锁上呢？有人告诉他，如果箱子没锁好，钥匙拔不出来。他试过，没有那回事，至少他开户的这家不是。他这样试验的时候，那老头又发了脾气。那么，要是他离开银行的时候，他的保险箱其实是开着的，那怎么得了，怎么得了啊！

最后一次，那老头从钥匙孔里拔出钥匙来，交给他，扬长去了。他不走，悄悄去拉保险箱，居然把个扁扁的匣子抽出半截来，他体验到写小说的人没骗他，一颗心就像一只空桶落在井里，听得见那碎裂的声音，自己反倒不敢声张，悄悄把箱子锁好，悄悄退出来。

他坐在保险库外面的椅子上发了一阵子呆,又去办理开箱的手续,把箱子里的东西收拾干净,用手提箱装好,自己对自己说:"我再也不进这家银行的大门了。"

"记住啊,你们租保险箱的时候先研究清楚,箱子没锁好,钥匙拔不出来,你才租。这年头,谁也不能相信谁啊!"

他劝过很多人,可是,据他说,听见的人都不相信。

那年冬天

十一月一日 星期三 晴

拂晓时分为"咝咝"声惊醒。那声音很像我在电影银幕上听到的响尾蛇，但我知道蛇不可能登上公寓四楼。寻找声源，来自窗下的暖气开关，伸手一摸那有螺旋纹的铁箱，立刻联想到当年外祖母塞进我手心里来的煮熟了的鸡蛋。接着就闻到近似燃烧的香味。管理公寓的老太太开了暖气，那么今天是现代都市的冬至。

中午在小饭铺吃三明治，与齐乐天同桌。乐天说冬天到了，到我家去吃火锅吧。晚上，我带了一瓶白兰地去，听说此间送礼流行送酒，省事方便。齐太太大叫，说是一看这瓶酒就知你新来乍到，她说美国人送礼通常花五块钱买礼品,再花十块包装,金玉其外。中国人的礼数厚人薄己,出手大方,美国人乍见之下,以为我们都是富翁,及至弄清底细,又怀疑我们是购物狂。

火锅平常,倒是认识了两个中国人,他们是弟兄俩,哥哥叫权通,弟弟叫权达,名字很好记。哥哥沉默而弟弟健谈,所谈多海峡两岸事,出语惊人。哥哥有两次简短的发言,一次说,中国人来到美国,第一年第二年最爱谈政治,第三年第四年谈来谈去都是生活,要到第五年第六年谈话才有情味。饭罢,他又说,这一餐火锅,初来美国的人可能等闲视之,要像他这样居美多年,才知道主人的隆重。出语不俗,给我许多启发。

十一月四日 星期六 晴

一日那天的原班人马在权通的寓所吃晚饭。另有一位金素云小姐,初次见面。我问她跟名伶金素琴有没有关系,她粲然一笑,说这个问题不知有多少人问过她,态度甚是温婉娴静。权通和权达都没有结婚,但权通在中餐馆干过二厨,能烧许多好菜,单是在客厅里听厨房的响声,就知道是个行家。菜中居然有红烧海参,火候滋味都拿捏得准,大家赞不绝口。

今晚做弟弟的权达沉默寡言,做哥哥的权通侃侃而谈,跟一号那天在齐府的情形不同。这种改变,跟金小姐在场必有关系,但是一时不知道到底是怎么样的一种关系。我说,金小姐的修养实在好,吃红烧海参时完全没有"杂音"。齐太太说:"你还没有见过呢,金小姐在你旁边吃四川牛肉面,你也听不出来她在吃东西。"金小姐倒爽直,她说,跟美国人同桌吃面,照他们的规矩把面条缠在叉子上轻轻送入口中,中国面的香味一点也吃不出来。有时候馋了,趁房东不在家的时候自己做牛肉面,多加辣椒,关好门窗,"唏里呼噜"吃个痛快。说得大家都笑了。

十一月五日 星期日 阴

去纽约，访问一家由越南来的难民，到时报广场时已近中午，先买热狗充饥。有一无赖模样的中年白人问我是否喜欢美国，我说喜欢，这是有礼貌的标准答案。他又问："你是否喜欢美国钱？"乃知其不怀好意，大声告诉他："我是个旅行的人，到你们的国家里来花钱的！"他悻悻而去。

那家难民住的地方好难找，出了地铁车站得步行二十多分钟才到。所有房屋皆剥落破损，如无人之境。受访者为一对夫妇，约四十岁，余悸犹在眉眼之际。玻璃窗有破洞未补，暖气未开，室内气温甚低。我以为房东欺负他们，他们齐声说："这点冷算什么！是我们自己不要开暖气的！"原来暖气费不在房租之内，这样可以节省开支。访谈约三小时，夫妇轮流作答，妻叙述时，夫在旁悄悄拭泪，夫叙事时，妻泣不能抑矣。

十一月六日 星期一 雨

在寓所整理昨天的访谈记录。雨水带来寒气，九点以后，暖气却停了。询问之下，乃知每天早上六点开始对卧房厨房洗澡间输送暖气，此时住户起床，入浴，吃早饭。九点，暖气关闭，因为赚钱付房租的、有抗议能力的人上班去了。挨了冻有人心疼的、上学去了，余子不足观矣。下午暖气又来了，限厨房及客厅，盖晚间家人均在客厅内起坐也。九时，暖气进卧房，送君入梦。不想如此小小一寓之内，竟然是冷暖人间的缩影。

十一月十二日 星期日 阴

搭齐乐天的便车到附近的华人教会去听道，同行的人除齐太太还有一位裘德玲小姐。裘小姐身材修长，音质明亮，眉宇有英气，是事业型妇女的形象。人缘好极，教会里的人几乎个个与她很熟络，所到之处，Judy之声不绝。乐天叹曰：有人硬是命中注定要来美国。例如她，父母都不通洋务，在妇产科医院匆匆替她取个名字，无意中竟与英文暗合，前一半是Judy，后一半是Darling，岂偶然哉！岂偶然哉！

这是一个规模很小的教会，会众不满百人。小教会有好处，大家彼此容易熟识。而且某人生子，某人调职，某人大学毕业，某人商店开张，以及某人生病，某家失窃等等，都有人在会中提出报告，率领会众代为祈祷，这在一墙之隔不问生死的美利坚当然难得。"某人新近移民来美"也是代祷的一个项目，今天参加聚会的，就有来自山东的一个家庭。我上前攀认同乡，说正在搜集中国新移民的生活资料从事著作，希望能有机会和他们仔细谈谈。听他说什么？"老乡啊，咱那天下了飞机，跪在地上发了个誓，以前的事一笔勾销，再也不提。以后在美国，但求儿女长大成人，人家打咱的左脸咱连右脸也给他打。你别访问啦，没啥好说的啊！"

十一月十四日 星期二 阴

打电话给纽约的郑先生,要求访问他的公子。他急忙说:"我的孩子很正常,没什么可访问的。"我说,我知道令郎敦品励学,想找他做中国青少年的"正面教材"。他问"你准备怎样访问",我说我准备请他到唐人街吃饭谈谈。他又急忙说:"别在唐人街啦,你另选个地方吧。"

在第五大道一家咖啡座上与古小弟见面,颇有收获。他说当初在中学里常常受人欺负,几乎要加入华青帮去找安全感。后来一想,自己没本事,入了帮还不是受帮里人的气?恰巧此时看了一部卡通片,片中主角是一只猪,本来要被主人杀掉,幸而参加家畜竞赛,得了冠军,非但幸免于难,还处处受主人的优待。他从此片得到启示,发愤向学,出人头地。

回程时天已昏黑。火车上遇金素云,她在纽约一家专门教美国人学中文的学校里任课,晓出夜归,一路坐地下铁，转火车，再搭换公共汽车，经过治安极坏的区域，面无惧色，令人佩服也令人担心。她说，这种中文补习学校的生意很好，主顾是各种企业的大小主管，他们准备跟中国大陆做生意。谈到教材，她说今天中国大陆上行文说话，自有风格习惯，跟台湾颇有差异。海峡两岸若永远隔离，终有一天形成两套中文，中间须经过一道翻译的手续才可以真正了解对方的意思。

十一月十六日 星期四 雨

写信问候台北的亲友，写了三十五封之多。我想这是我最后一次如此努力认真地写信，因为很难接到他们的回信。去年写信约一百封，收到回信十五封，回应率只有百分之十五，今年恐怕要降到百分之十，若无特殊情况发生，此等事也是要受"递减率"支配的。

晚，诗人Ａ打电话来，谈及台北交友，亦以音讯稀疏为念。他说这好有一比,以前是同在一张桌子上打麻将,现在你换到别桌去打了。倘若一间屋子里有两三桌麻将,打麻将的规矩是"隔局不说话"。这个比喻很好,有许多言外之意。

十一月十八日 星期六 晴

昨今两天响晴,是连日难得的好天。我在火车上遇见金素云的那天想到应该作一次小东,请乐天、权通大家餐叙,电话中有所商谈。裘德玲主张到纽约中央公园看红叶,然后吃美国的招牌餐汉堡包。东北各州,红叶极美,有人为欣赏红叶驾车越州作长途旅行。我既无此气概,到中央公园去看看是最方便的办法。进公园如过景阳冈,宜午时三刻成群结队而行,裘的主张,可说是为我安排,大家一致同意。

中央公园占地甚广,等于一座森林。所谓红叶,实际上杂以黄紫,黄叶比红叶更烂漫。阳光下一片祥光瑞霭,疑非人间。雨水滋润过,又晒了两天太阳,那叶子就像用半透明的塑胶精心仿制的一般，玲珑晶莹，怎会是植物所有？连那落在地上的，依然光华不减，踩上去穷奢极侈，有享不完的富贵。早期殖民来的人以这种树为主要的林木，植遍山野村郭，是很有气魄的规划。华北各省的气候跟美北近似，树木多是柳槐桑桃，枯枝败叶，秋容就萧瑟黯淡了。当然种柳是为了用材，种桑是为了养蚕，种桃是为了吃果实，都比红叶实惠。而且红叶是否能与竹篱茅屋黄土墙配合，亦大成问题也。

我对裘介绍的汉堡包很满意。国人讥评老美烹调不佳，每举汉堡包为例，今知此物也像中国包饺子烙葱油饼，材料手艺是有等级的。此店顾客络绎不绝，随到随吃，不须等候，因为厨房的作业跟外面的服务是平行的。如果厨房生产过剩，汉堡包送出来十五分钟还没有卖掉，一律倒入垃圾桶中，卫生专家认为十五分钟后肉饼开始腐化，不能食用。万一顾客吃坏了肚子，告上一状，赔偿动辄数十万美元，饭店也不愿意冒这个风险。我说：从前看翻译小说，看到穷人到垃圾桶里找东西吃，总以为不堪设想，却不知美式垃圾桶别有乾坤。权达说："美国太富了，美国人应该好好地爱他们的国家才是。"裘德玲说："你错了，人越富越不爱国。"权达不信："哪有这回事？"裘点醒他："你想想看，在你认识的人里面，有几个是因为贫穷而不爱国的？"权达不答。齐乐天插口道："我们约定今天不谈政治的，你犯规该罚。"裘说："好，改天我做东，今天的人务必到齐。"

十一月廿三日 星期四 阴

早晨出外进餐，发现附近卖三明治汉堡包皮炸快餐的几个地方全关着门。长街一望到底，有个孤零零的女孩在等公共汽车。猛省得今天原是感恩节。是日云暗天低风劲，连走几条街尽是家家寒食的景象，灌了一肚子冷，连一口开水也没处买，饥寒交迫，这才知道感恩节的厉害。

人在国外，困窘时则想到本国。我想纽约的唐人街连大年初一都照常做生意,区区吃火鸡的日子一定不在话下,决定远征纽约中国城一求温饱。摸摸口袋,又叫声苦,昨天没有去银行取钱,今天自然是告贷无门。回公寓翻箱倒柜,希望从夏天秋天的西装里偶然发现遗财,颓然成空。看看近午,重温三十年来业已忘记了的饥饿的滋味,心情黯淡之至。

十二点半,电话铃响,裘德玲问:"你在家?十五分钟后你到大门口等我。"她飞车而至,摇开车窗,给我一个纸袋,打开一看,竟是香喷喷的火鸡三明治。她说:"一听你这时候在家里坐着,就知道你今天没饭吃。我年年在感恩节救人,你是第七个。"我大喜,仙人点化,绝处逢生,喜乐可知。

十一月廿六日 星期日 晴

连日研读纽约市地图及寓所之社区详图,了解环境,消除大海孤舟的迷失感。晚,应邀至南宫教授家晚餐,有来自台中、大连、杭州、香港之留学生同席。南宫教授家世甚好，人极豁达，颇有人缘，依他见闻所及，中国大陆、台湾、香港来的新移民，初抵美国时各有不同的感觉：那来自大陆的，觉得好像脱去了一件紧身马甲；那来自香港的，觉得好像从一条小船换乘一艘大邮轮；那来自台湾的，好像午睡刚醒，还赖在床上。他要求来宾加以证实或否定，众皆微笑无言。

十一月廿七日 星期一 雪

夜雪瞒人，盖满大地，气温骤降。家家自铲门前雪，声音很像是当年打麦场上收庄稼，有农收的景象。此间法律规定，雪停后四小时内必须把门前人行道收拾干净，否则罚款，若有人因此在门前滑倒跌伤，屋主可能吃官司，由保险公司赔款。因此有老子摔跤上法院控告儿子、女婿摔跤上法庭控告岳母的先例，有法院的判决，保险公司才会付钱。出外踏雪，见工厂、公寓、百货公司等建筑物占地甚广，而且高大，雪景因之支离破碎。所谓粉妆玉琢，必须是中国茅屋始能传神。小时候在作文簿上写"琼楼玉宇"，真是瞎说，即使雪下得很大，也没有一座高楼能"琼"得起来。

赴纽约市访问一位辅导华人就业的专家并共进午餐，希望得到移民故事。他没有故事给我，却说了一些发人深省的道理。他说中国人最大的毛病是不能团结成一个整体。由于国家多难，海外华人自然有左派右派，一分为二。海外环境复杂，置身其间者不免忧谗畏讥，政治立场尽管相同，彼此未必就推诚相与，于是二分为四。由此落实到职业和生活，大多数中国人不能和美国人竞争，只能和中国人竞争，鹬蚌相争，四分为八，八分为六十四。此外，有些中国人的境况是"辉煌的过去，黯淡的现在"，怕见自己的同胞，宁可触目尽是洋人，以便重新开始。他知道某工厂中本有若干华工，后来华人当权管工，他是某某省主席的什么人，而今流落番邦，往事不堪回味，最怕人家知道他的底细，见了中国人就不舒服，于是利用各种机会把中国工人一一换掉。这就是六十四乘六十四，不知究竟几何了。

十一月廿九日 星期三 晴

到街角理发店理发，理发师似是欧洲移民，身材高大，使我想到牛刀小试，或小刀牛试。落座之前看价目表，剪发四元，不包括洗头刮脸。落座后，寒暄几句，我说我的头发很长了，他说不错，你的头发长，我要收你五元。我知道说错了话，待要争论，头在他手里，作声不得，只好多付一元。在台北，"我的头发很长了"是对理发师示好，能融洽两者的关系，但现在不得其人而言，效果完全不同。

十二月二日 星期六 晴

天气虽晴仍冷，鼓起勇气赴纽约访诗人谢青。谢来美二十年，投笔从商，已有成就。谢太太一脸福相，子女皆壮健聪明。谈到诗人陈慧在美最后的生活，他说陈慧恋爱失败，读书打工都没有心情，经济上山穷水尽，护照似乎也有问题，沮丧加上愤怒，在洛克菲勒中心跳楼自杀。他带我前往陈慧肝脑涂地之处凭吊，泣不能抑。洛克菲勒中心是数座摩天大厦的总称，所有人是一位超级富豪，陈慧选择此处结束生命，似有愤怒。陈慧在美时，我在台北编刊物，他曾托我把一个中篇小说的稿费就近赠予一位为债务困倒的文友。现在计算时日，那正是他在纽约最失意的时候。自己穷于罗掘，不忘济人之急，非我辈所能及。

午饭后往访一位青少年问题专家，他到附近一家小学做游艺会的嘉宾去了。赶到会场，无法在鼓乐喧天中交谈，只好也做来宾参观。压轴的节目十分别致：广场中心竖立又粗又高的木桩，自顶垂下三条彩带，一红一白一蓝（这是美国国旗的颜色），由三个肤色颜色不同的学生（一白一黑一黄）牵紧彩带围着木柱走圆周，把三色长带"编"在柱子上，做成一根擎天的彩柱，鲜明美丽，寓意深长，节目设计深具慧心。

十二月六日 星期三 晴

赴纽约访问一位中英双语教学的教师，她用中英两种语文在美国学校里教书，专教还没有学会英语的中国少年，帮助孩子由中文过渡到英文。她讲了许多关于孩子们的小故事，个个精彩。她谈到现在由中国大陆来的学童最难教，他们因"文革"而长期失学，不唯不识英文，也几乎不识中文。在教材方面，她说最成问题的是中国现代的历史，海峡两岸对许多事情的说法都不一样，而今一堂课上，不但背景不同的学生疑问丛生，背景不同的教师也时有争执，甚至家长也插进来抗议质难。学校为了减少麻烦，也许干脆把这一部分删除不教算了。

十二月七日 星期四 晴

赴纽约访问一位功成身退的双语教师。他是中英双语教师,但是他的学校把黄面孔的学童都送到他的班上来,除了中国孩子,日本的、越南的、老挝的、泰国的、韩国的都有。他历述怎样把这一支游击队伍变成训练之师,娓娓动人。教育当局历次用英文试卷测验他的学生,成绩节节上升。直到有一天,教育当局认为他的学生可以编入一般的班级,双语班再无存在的必要,于是他就失业了。据他说,有些双语教师为了维持饭碗,故意使他的学生依赖母语,这样,双语班继续存在,他可以一年一年教下去,但是把孩子坑了。这是双语教学的黑暗面。

十二月八日 星期五 晴

午后,民德大师兄驾车来邀,往他家度周末。他住在真正的郊区,一路上只见树林,不见房屋,住宅深藏林内，若有若无。有人说纽约人的生活是树林里睡觉，地底下走路，半天空办公，所谓树林里睡觉，即谓此也。中国人若能这样生活，必是已在美国制度中占有相当的位置。今日颇冷，但主人家中设有壁炉，炉火熊熊，一室生春，师嫂烹鱼，颇有年意。

饭后闲谈，知道师嫂并未出外工作，她说倘若夫妇都有职业，所得税太重，还得花钱请保姆照管孩子，很不合算，现在美国有这种想法的夫妇很多。谈到孩子，美国的学校颇令中国人满意，但孩子即使是在美国出生，入学后也交不到多少朋友，日常往还的，多是少数民族的子弟。我想美国黑人的势力一直膨胀，下一代定有许多黑人位踞要津，中国孩子多结交几个黑同学，未始非计。

谈到歧视，当然是有的，"十个指头有长短，荷花出水有高低"，父母对子女尚有偏心偏爱，何况政府之于不同种族的人民？"手心也是肉，手背也是肉"，这句话很有说服力，但仔细想想，人总是用手背保护手心的。不过以中国十几亿人口的现况而论，到美国来受教育是透支了非分之福，因此受点委屈也很公道。师嫂说，孩子不可能有这种想法。

十二月九日 星期六 晴

上午到附近的中文学校参观。这所中文学校乃是小区组织之一，由附近的中国家庭捐钱合办，师嫂主持，每逢周末，各家把孩子送来上课。课堂布置一如台北的小学教室，老师写繁体字，注音用拉丁拼音。教师说，拉丁拼音的好处是孩子早已认识英文字母，不必另学新的符号。他们试过注音符号，发现孩子只是虚应故事，自己仍把英文拼音写在字旁帮助记忆，置课本印就的注音符号于不顾。据说有些孩子学中文的兴趣很低，普遍的反应是：中国话好说，中国字实在难写。不过看墙上贴出来的作业，有几张毛笔字很不错，想来那写字的孩子，中国话说得更好。春华秋实，馨香祝之。

十二月十四日 星期四 晴

连日在纽约市访求移民故事,今天途中巧遇裘德玲小姐,她说这样奔波太辛苦了,附近有个专门出售故事的人,何不前往一探?她带我登上一座大楼,找到一位白发白脸的老婆婆。室内四壁架上都是小小的录音带,每一卷带子一个故事。我说我在找移民的故事。老婆婆从"移民故事"类取下一卷录音带放给我听,只放了一句,就停住了,这一句是:"一个匈牙利家庭通过海关移民官的盘查,进入美国境内,夫妇回头一看,他们九岁的女儿并没有跟在后面。"我得凭这一句提示决定要不要购买。裘见我踌躇,心生一计,跟老婆婆磋商一番,然后对我说:"我刚才建议你用故事交换她的故事,一个换一个。你如果同意,可以先说一个故事给她听听,我替你翻译。"

我想这个办法可行,随口说出一个故事。老婆婆听了大为欣赏,立刻说,这个故事是她的了。她还称赞我有自信,断定她不会拒绝这个故事,所以一口气把故事讲完了。投桃报李,她也把那个匈牙利家庭的故事放给我们听。我听了很失望,那只是一个平淡的事件,远不如中国移民故事曲折沉痛。我做了一次蚀本的生意。

十二月十七日 星期日 晴

重感冒,喷嚏连天,震动肝腑。连日昏睡,从超级市场买来的感冒药也不见效。医生开业的地方都很远,不易前往。我听说有一位中国医生住在附近,乃不揣冒昧,叩门求诊。承他悉心诊疗,轻松不少。今天是星期天啊,到底是自家人!

十二月廿四日 星期日 阴雨

圣诞前夕,冷雨淅沥。今天本该降雪,大约温度偏高,雪花凝结不成。但在感觉上,雨天比雪天要冷些,成语有"冷雨温雪"之说。入夜,大风,这种旧楼的窗子透风,风扑入走廊,钻进门缝,吹出"呜呜"号泣之声,凄凉可怕。我又连打两个喷嚏!

今夜在家诸事不宜:不宜读书、不宜作文、不宜访友、不宜计算账单、不宜上教堂。吞下感冒药,和衣而卧,一阵朦胧后,也不知几点几分,附近两座教堂报佳音的钟声齐鸣,听余音袅袅,知道风雨都停了。几乎想出去仰观天象,看有巨星闪耀也未?中国人盼望出圣人,出真龙天子,等黄河清,等天下太平,甚至说"宁为太平犬",这种心情,不但人人了解,也盘结在每个人的意识之中。但中国并没有业已降世、还要再来、万世一以贯之的救主,勉强混入基督徒的队伍,实在是不得已的办法。耶诞钟声,恐怕只能灌入他的一个心房或一个心室。在我的耳朵里,教堂钟声无论如何没有中国寺院的钟声"好听"。而今没有那样的钟可听,哪天到唐人街去听听敲磬也好。

十二月廿五日 星期一 晴

参加基督徒的特别聚会，认识一对由老挝来的中国夫妇，他们是买了别人的护照冒名入境的，内心惴惴不安，迫切希望上帝帮他们对付移民局。我说，只要能依合法的手续申请居留，移民局是不咎既往的，他们稍觉安心，谈话渐有生气，把他们在老挝的苦难，从老挝脱身的曲折，都说出来。他们到美国找救主，孩子还留在老挝，要想全家团聚，少则三年，多则五载，这段日子牵肠挂肚，够煎熬的。但我不敢对他们说什么。

今天聚会的主领人用统御的角度证道，很新颖。依他说，上帝雄才大略，很有权谋，世界是他的国家，撒旦是他的政敌。他的讲词中不但有教义，还有人情世故，文韬武略，会众可以闻一知二，既增长灵性，也加强了适应世事的能力。

十二月三十日 星期六 阴

今日极冷，我在纽约每走一两条街就得到咖啡馆或商店门内"恢复"一会儿。咖啡馆和商店为了防风保暖，设有两道大门，两门之间有一片小小空地，容许行人站在那儿躲避一下雨雪，即使拖泥带水的鞋子把地毯弄脏了也不以为忤，这真是一个善良风习！

上午访问一位移民问题专家，谈非法居留，我说我只要个别的案例，不要理论及数字，他完全了解我的需要。此次访谈给我如下的感受：对非法居留的人而言，美国不啻是一座看不见围墙的大监牢，这座大牢的惩罚规则并非不准出去，而是出去以后不准再回来，非法居留者唯恐失去"坐牢"的机会，哭哭啼啼硬不肯走。这是中国古代政治家不能梦想的境界，是美国的骄傲。

下午访问一位太太，她为了申请居留而担任女管家，主人待她极其苛刻，终于忍无可忍。她缕述苛刻之处，令人怒也令人笑。按法律规定，一旦申请居留，不能辞职改换雇主，这就伏下受人虐待的可能。申请居留往往要三四年才得批准，申请人的牺牲很大。这般情形，实在是美国历史上"立约仆人"的遗影，而立约仆人的前身即是黑奴。美国政坛上有人替非法居留的人说话，却没有人替合法申请居留的人说话，也是一怪。

晚上冷不可支。归程中又见金素云。念岁暮，天寒，周末，油然有怜惜之意。一路闲谈，我想这位美丽聪明的小姐怎地未婚，有意无意地问一句："什么时候请我们吃喜酒？"她忽然"敛容"而言曰她有男朋友论及嫁娶，但她持有绿卡，担心对方是冲着绿卡来的。她说没个长辈可以商量，很想听我的意见。我说："婚姻原是有条件的，择偶的择字包含多少理智的考量，如果对方认为绿卡是一个条件，也是很正常的想法。一旦择定了，有了爱情，发展成婚姻，那就应该如你们在牧师面前所应许的，贫困忧患，不改初衷，那就是无条件了。"她听了，粲然笑道："如果有喜酒，一定请你。"

十二月三十一日 星期日 雨

上午到教堂听道,主讲人为一医师,以生理组织为世界,以病原为罪恶,以医生为上帝,讲述救恩的道理,精辟动人。这一次会众的副产品为保健常识,全场自始至终凝神静听,毫无倦容。

晚上到一位"成功的中国人"家中吃阳历年的年夜饭,宅在山坡,有亭台花木之胜,客厅之大使我想到网球场,墙上书画多是真迹珍品。据说居家支出仅暖气费一项每月已超过千元。不过家中并无仆役,厨事皆由女主人自己动手及女宾自动协助,这是美国生活一个重要的抽样。来宾中有日本人、韩国人、中国人、美国人;中国人有的来自大陆,有的来自台湾,有的来自香港,这又是美国华人社会的缩影。有些人阖第光临,带着孩子。

菜甚丰盛,有一只烤好的超级火腿,体积可比烤乳猪。日本的生鱼片,韩国的辣泡菜,中国的红烧肉,纷陈桌上,各取所欲。来宾很自然地分成一簇一簇交谈，国籍相同者一组，其中英语特别好的人并入美国组，各国的小孩子又混成一组。美国人喜欢东方文化者又加入中国组或日本组。中国组谈及中美各地的生活状况，初步结论为：台湾的生活像吃糖，吃多了、吃久了难免腻得发烦；未开发地区的生活像吃杂粮青菜，得拌着"菜根香"的哲学一同下咽；香港的生活如吃盐，人人说滋味好，只有吃的人知道苦；美国的生活如吃特大火锅，量太多，有些东西半生不熟，只能挑着吃。

正说着，主人打开电视，二十五寸的画面映出时报广场庆祝新年的盛况，载歌载舞，万众欢腾。时间分分秒秒向午夜走近，零时到，新年开始，由荧光幕上到客厅里一阵欢呼。我以为该告辞了，不然，一位日本太太，不知从何处借到行头，演了一段能剧；一位韩国姑娘，着一身红袍，跳了一段歌舞；一个中国人粉墨出场，唱了一段《陈宫宿店》。剧终，主人拿出一沓真正的美元（银币）来发压岁钱，凡十八岁以下者各得一枚，满室花好月圆人寿年丰的气氛。

室外大雨滂沱，想到杌陧的世界。

一月一日 星期一 晴

上午拥被大睡，补足昨夜的消耗。下午，接到几个拜年的电话，于是也打出去几个。那打到西岸去的，我忘了两地有三小时的时差，变成扰人清梦，未免礼多人怪了。我想阳历元旦人人需要休息，仍以不拜年为宜，倒是农历元旦打个电话去，寒暄一番，共赏脱水蔬菜一般的年味，慰情胜无。

一月三日 星期三 晴后阴

晨起见旭日渲染林梢，红碧相间，喜天公作美，但出门则寒风劈面，全身立时冷透如一丝未挂，只好返回公寓。有被太阳欺骗了的愤懑。但我不是可以冬眠的动物，岂能蛰伏不出？只有默念当年在军中学到的真言："不怕不冷，越怕越冷，不冷不冷。"

于是鼓足勇气再出,到超级市场买些食物。要买的东西不多,没有使用他们的手推车,随手取了个纸袋盛放。警卫过来说,在市场里买东西一定要先放在手推车上,等到装进纸袋里,那表示已经结过账付过款了,这个次序不可颠倒,以免引起误会。经此一事,又长一智。

回到公寓,邮差在门缝里留了一张小小的表格,说是刚才给我送邮包来,无人收件,通知我自己去领。邮件是令人关心的东西,急忙放下食物,再度出门。到了邮局,才知道来得太快了,那送邮包的人还在外面公干,尚未能将我的东西带回来。我哪肯罢休,枯坐等候,等到他们快要午餐的时候领到太太寄来的纸箱,分量不轻,这一路扛回来真是千辛万苦。急忙写信央告太太不要再寄邮包来,也最好在冬天别寄挂号信来。

一月五日 星期五 晴

今天到一位犹太人家中吃晚饭。与裘、齐、金、权等人相聚。前天,裘德玲说,她本来答应请一次客,现在她把这个东道转嫁了,我还以为她是说着玩儿的。下午五点,齐乐天载着我们——权通、权达、金素云——先往购物中心去买五块钱一件的礼物,又花十块钱到包装部包装了。乐天一直说,裘德玲真有能耐,叫一个犹太人请客。他说犹太人相信喜欢作东的人短命。你请他,他还不大情愿呢,这等于要他看一个人慢性自杀。买完了东西,再一车载到齐府,齐太太端出包子来。这是怎么回事?乐天说,美国人请客,客人多半吃不饱,得先在家垫个底儿。金素云、权通,分别说出自己意外的经验,他们怀疑美国人请客的菜比自家平时吃的菜要坏得多。包子下肚,有恃无恐,昂然上路。

路上齐太太说,犹太人有民族思想,家庭观念,对子女的责任心,这些地方跟中国人相近。犹太人都知道,他们的先民会在世界各地受人排斥,但是中国一向对犹太人很好。她告诉我,犹太人不承认圣诞,你如对犹太人说 Merry Christmas,他多半不搭理,脾气好的也许低声回一句 Happy Holiday,毫不热烈。

犹太人也很爱惜房子。今晚主人的住所虽不豪华,但称得上仔细维护,精心布置。你看得出来他住在这里二十年,每年每月每周都要在室内室外花些心思。点点滴滴,锲而不舍。不要说客厅,连厨房也一尘不染。花纹精细的铜制吊灯下面,水晶玻璃的高脚杯,中国瓷盘,白银刀叉,端的郑重。菜呢,分量倒很多,那个主菜我从未吃过,不敢造次,先少加一些尝尝,这一尝,以后就没有再加。美式主人并不殷勤劝菜,我也免去了尴尬紧张。

主人说,他二次大战后期曾经到中国战场服务,战争结束时还到过青岛、天津,很喜欢这两个地方,至今爱交中国朋友。座客中,齐是青岛人,权是天津人,主人称述这两个都市的优点,问而今某处是否景物人事依旧,齐说:很抱歉,对于青岛,您知道的比我多。权说：很抱歉，我对天津根本没有印象。

一月六日 星期六 雪

这场大雪本该装饰白色圣诞，它迟到了。这是一场真正的大雪，景观一再变换。先是星星点点飘浮在空中，非盐非絮，不知怎么有些雪花竖起来粘在树枝上，一朵朵一团团，结成冰花，千树万树都成了人间未有的异卉，许多人跑出去冒雪拍照，然后雪花膨胀了，发育充足了，一片雪花就是一瓣玫瑰，一瓣荷，一艘白色的小艇，荡来荡去找停泊的地方，我知道这就是中国诗词所说的鹅毛。然后，雪好像游戏完毕，认真工作，就"刷刷刷"下成一条比尼加拉瓜更大的瀑布。

一月七日 星期日 阴

早起看雪，气象台说雪深十英寸。晨光熹微时凭窗远望，乳白色的大地似是流体，平生初见。不久有隆隆声自远方来，铲雪车出动，把马路上的雪铲开，撒上一种粗盐，盐可以溶解残冰，以免车轮打滑。美国公路，密如阡陌，凡是积雪的路面都要经过这番作业，一年要用掉多少盐！开车铲雪的仁兄大概不能想象世上有人数着盐粒做饭。再下去，就是家家自扫门前雪了，他们多半使用袖珍型的机器，开动马达，把人行道上的雪吹成一道冰幕，远望如巨鲸喷水，一条长长的路就这样耕出来。有人宁愿用双手和铲子，铲起来的雪堆成一道新围墙。

今天的证道人用自然科学的定律定理说明上帝怎样管理世界。多次听道的感想是，教会里面人才真多。教育发达了，知识普及了，讲道的人以他尘世的专门学问来哺乳灵性，支撑信仰，不再陡然"以经解经"。他们的讲词很入世，也很实在，比在神迹在因果报应里兜圈子好。

一月十二日 星期五 晴

又下大雪。

一月十八日 星期四 晴

连日朔风怒号,继之以雨雪滂沱。坐在屋子里总怀疑暖气断了。问管理员,他提温度表给我看。我说怎么不暖,他很哲学地回答我:"暖气这东西,你永远觉得它不够。"老家把寒冬分成九个九天,编成歌谣说"一九二九不出手,三九四九凌(冰)上走,五九六九冻死狗",现在正是冻死狗的天气。来此间没听说冻死过狗,报上倒有消息冻死人——冻死公寓里的老人,暖气在大雪封路的时候忽然坏了,一时不能修复,会有人挺不过去。这里芝麻绿豆大的事都有专家出面提供意见,怎没个专家提醒住公寓的人——尤其是老人买条电热毯,或是再买个电热器,救急保命,电和暖气总不会同时停供。——写到此处我从窗口看见一位瘦小苍白的老婆婆牵着狗过街,跌进转角处一堆雪里坐下,努力想站起来,没个人拉她一把,只有她的狗,她的穿西装的小狗去拖她,从雪堆里钻进钻出,我也不能去拉她,我下楼跑到她身旁怕不要十五到二十分钟。幸而警察出现了,这个社会还是少不了警察。

一月十九日 星期五 雨

一位名作家打电话来,说他由台北驾临美东,希望我和他见面一谈。我很诚恳地告诉他,彼此的距离有从台北到新竹那么远,我不会开车,这种天气,定在公共汽车站冻倒。他当然不肯说:"我来看你。"这次见面不成,他大概会解释为得不到我的尊敬,倘若如此,实在无可奈何。有些人不知道体谅别人,有些人不屑于体谅别人,这两种人最难交往,但这样的人在美国却很多——比台北多。当然,也许我应该体谅他们,例如我该体谅这位名作家,他自我中心做人已经成了习惯。也许世上以美国的推销员最能体谅别人，你不看他的货样，把他轰出去，他下次带鲜花来。天暖以后，我要去寻找有关不体谅和反体谅的故事。

一月廿七日 星期六 晴

"中国新年"快到了，搭便车到一座小城去看当地中国人的联谊活动。所谓"当地"，指自己开车两小时之内可以到达。与会人士六点出门，八点到场，十一点散会，凌晨一时回到自己家中，第二天不上班，可以大睡。一个在美国"战场"上的中国人，肯花七小时去做一件不能赚钱的事（还得赔上几文），这就意味着隆重。因此，会场的布置，活动的程序，节目的安排，也就一概毋庸讲究了。是晚，中国人济济一堂，大人饮茶，儿童饮可乐，青年跳舞，甚是热闹。只是会中交谈多操英语，令人惘然。

唐人街的左右壁垒相当明显，左派人士常去的馆子，右派多半不愿光顾，右派经营的书店一定不卖左报。但此日座上，左右人士同桌餐饮，大多数人仿佛是五百年后人，对海峡两岸"多少兴亡事，尽付笑谈中"。当然，距离不是由于时间，而是由于地理和国籍。那些是非得失毕竟隔着半个地球，无关他们的直接利害。

一月廿八日 星期日 晴

齐、裘、金、权，我们又凑在一起了，到纽约唐人街去看年景，坐齐的车子。唐人街在放鞭炮，隔着几条街先看见硝烟。我记得从前过年只能放一串很短的鞭炮，有时根本不准，因为鞭炮的声音很像枪声。经过多年的节制，后来虽然无人禁止，却是再也放不开。听这响成一块铁饼似的鞭炮，看气势汹汹的漫天硝烟，真似他乡故知，久别重逢。警察穿着长靴，戴着钢盔面罩，应付上下四周的爆炸。串串爆竹由三楼四楼直垂到地面，一串燃烧完了马上另换一串，无休无歇，好像每一串爆竹后面有一个中国疯子。

狮子出来了，鞭炮找到了轰炸的焦点。那狮子从黑洞洞的门里伸出头来，站住，看人，也让人看他，炸他，毫无惧色。他颤抖须发，波动背脊，似乎颇留恋脚下的焦土和头顶上的火花。事实上是火花和焦土一直跟着他，似乎是欢迎他，似乎是威吓他，似乎是他的护从，也似乎是他的敌人。还有那狂热的锣鼓，沿途宣告降生了一个巨灵。那狮子，就这么纵着跳着占有了整条街道，绞缠燃烧和毁灭，走出废墟，巍然独存。

我看，这一幕简直是中华民族历经忧患的象征。而且，千年以来，每年一度，庄稼汉、小商人和他们的子女分布在爆竹两端，演习怎样面对战祸，在枪声中沉着。那些以步枪为主要武器的攻防砍杀，还没有今天的火雷阵这么大的震撼。不过，是工商业充分发达以后，鞭炮才有了今天的风光，看那红毯铺地似的碎屑吧，小农经济怎禁得这样消耗。

二月八日 星期四 阴

气象台说，又要下雪了，更大的雪，更冷的雪。我的天，你怎能更冷。晚上，金素云打电话来说她在下个周末结婚，只请很少的客人，如果我能参加，她马上寄请柬来。听到这个消息好像自己了却了一桩心事。我是要去的，去看看新郎。这个冬天我不要出门了，我是说参加了金的婚礼之后。

我立刻到纽约去访问几个新来的移民，我得趁天气还好多做些事。也趁这些人的感受还很新鲜，那些资历老的总是说时间久了，麻木了，忘记了。我和他们在广东餐馆饮茶，听他们抱怨自己的老板不好。经过一番人比人，眼前的发现是，白人老板，真正的美国老板，待人比较公平一些。似乎是，美国人歧视中国人，多半是不肯提升你的职位，在你已经立足的层面上，他会照着规矩来。中国老板就难说了，就难说了。这些难言之隐我得替他们瞒着，我答应了的。

二月十二日 星期一 雪

今天访问了两位开餐馆的老板,他们都是二十年的老店东,多少留学生曾经由他训练成优秀的侍役,访问的重点即在留学生留下的榜样,留下的笑话,以及老板在留学生心中的"去思"。我对其中一位老板印象特别好,就提出一个尖锐的问题:"有人抱怨中国老板常常剥削自家人,你有辩白没有?"这个问题一点也没有刺着他。他夷然指出:倘若没有唐人街提供临时工作的机会,很多留学生无法完成他的学业,这是事实。不仅如此,那遭偷遭抢没钱买飞机票回国的,那投奔亲友吃了闭门羹流落异地的,那失业破产徐图东山再起的,唐人街都扶了他一下,拉了他一把。至于工作待遇,看你用哪一种尺度衡量。他说,他住的那个地区修马路,他孩子读书的那座小学门前正在施工,校长担心出入的安全,要求老师在放学的时候照看一下学童,他只规定教师们比平时晚五分钟下班回家。仅仅为了这五分钟,全体教员罢课抗议。照这个目标看,唐人街的店铺工厂可能都亏待了员工。问题是这个标准是不是正确,是不是可以放之四海。

傍晚,天果然下雪。我急于离开纽约,却在地铁迷了路。两个圈子兜下来,车站电钟指向十二点,车厢里几乎没有人了。专家说过,这时候我该坐在第一节车厢里靠近司机。我照做了。不能永远坐在那里。专家说,你如果问路,最好找个穿制服的。我这样做了,那人告诉我得出站到另一个街口换车。出了站才知道以前的冷都不算冷,"冻死狗"也不算。家乡形容五更天的极冷叫"鬼龇牙",我想我暗中龇牙咧嘴的样子必定像鬼。偏有人不怕冷,把两颗白眼珠嵌入黑墙角,吸足雪光,死命盯人。地铁的入口在哪里我怎么也找不着,正好一辆计程车驰来,就不计后果地拦住了,非常豪华非常豪华地回到了家,心里盘算:任你冷,我还得出门,例如去参加金素云的婚礼。我是中国人,知道中国的传统历法是在最冷的时候立春。冬的威势业已登峰造极,冬天要过去了。

作者说明

我向海外华人的生活取材写过两本书,《海水天涯中国人》和《看不透的城市》,繁体字本,台北尔雅出版社出版。现在把两本书合起来,把一部分资料性的文章抽掉,出版简体字本,书名仍然叫《海水天涯中国人》。

王鼎钧敬启